Hans Goswin Clemen

Kindergeschichten vom Krieg 1945

Bibliografische Information der
Deutschen Nationalbibliothek
Die Deutsche Nationalbibliothek verzeichnet diese
Publikation in der Deutschen Nationalbibliografie;
Detaillierte bibliografische Daten sind im Internet
über http://dnb.d-nb.de abrufbar

Herstellung und Verlag:
Books on Demand GmbH, Norderstedt
ISBN 978-3-8448-0621-2

Inhalt

Vorwort

"Wie war das, als Krieg war?"
Meine eigenen Kinder, die Kinder und Jugendlichen, mit denen ich durch meinen Beruf als Pädagoge in der Jugendarbeit der Kirche und aus Engagement zu tun habe, stellen an irgendeinem Punkt unseres Zusammenseins diese Frage. Es ist das Interesse an meiner Person, an der Lebensgeschichte eines Menschen, dem sie Vertrauen entgegenbringen, der aber älter ist, und mit dessen Geschichte sie ihr eigenes Leben beleuchten wollen. So habe ich einzelne Begebenheiten erzählt, wie ich sie am Ende des Krieges erlebt habe. Grausame Geschichten — und Geschichten voll überraschender Menschlichkeit.

Diese Erlebnisse haben sich so sehr bei mir eingeprägt, dass sie beim Erzählen wie ein Film mit allen Details wieder in mir erscheinen. Diese Erlebnisse haben mich sicher auch geprägt. Mitmenschlichkeit ist nicht an eine Volkszugehörigkeit gebunden. Wir Menschen sind so, – fähig zu Grausamkeiten und fähig zu großer Mitmenschlichkeit und zum Verzeihen.

„Du musst diese Erlebnisse aufschreiben. Sie sind erlebte Geschichte. Das darf nicht verloren gehen." Das haben mir immer öfter Freunde gesagt. Und so habe ich mich hingesetzt und diese Erlebnisse aufgeschrieben. Es sind einzelne Momentaufnahmen aus einem begrenzten Zeitraum: vom Abend des 30. Januar 1945, bevor die Russen unsere kleine Stadt Berlinchen, die Perle der Neumark, die heute Barlinek heißt, einnahmen, bis zu dem Tag Ende August, als wir nach dem Fußmarsch nach Westen erst die Elbe, dann die „grüne Grenze" bei Helmstedt und schließlich den Rhein überquerten und dann doch im niedersächsischen Salzgitter landeten.

Es ist kein Geschichtsbuch. Ich erzähle keine historischen Zusammenhänge und gebe keine politischen Bewertungen. Es sind einzelne, persönliche Erlebnisse eines sechs- und dann siebenjährigen Jungen.

So ist es nicht nur mir ergangen. So haben es alle Kinder erlebt, die noch bis zur endgültigen Vertreibung in unserer Stadt waren - und nicht nur die Kinder in unserer Stadt. Was haben wohl die Kinder erlebt und erlitten, die ich auf den Fotos der russischen Soldaten sah, als die deutschen Soldaten in ihre Heimat einmarschiert waren?

Und auch heute sehen wir wieder und immer noch aus vielen Teilen unserer Erde Bilder von Kindern im Krieg, die Angst, Hunger und Tod erleben und dazwischen vielleicht doch auch manchmal ein Stückchen Menschlichkeit.

Die Kinder und Jugendlichen, denen ich meine Geschichten erzähle, fragen dann mich - und sich:
„Warum?"

        „Warum war das so?"

                „Warum hört das nicht auf?"

Der Marktplatz in Berlinchen
Das rechte Schaufenster im linken Haus war von un-
serem Frisörgeschäft. Daneben das Hotel Walter und
dann ging es in die Nebenstraße.

Mein erster Russe

Ich war schon 6 Jahre alt. Und ich ging auch schon zur Schule. Aber jetzt nicht, weil unsere Schule schon einige Monate für andere Sachen gebraucht wurde. Jeden Tag kamen Pferdewagentrecks mit Flüchtlingen in unsere kleine Stadt. Da wurde die Schule zum Übernachten und Aufwärmen für die Menschen gebraucht. Es waren fast alles Frauen mit Kindern und ganz alte Leute. Die Männer waren ja alle im Krieg. Mein Vater auch.

An diesem Abend des 30. Januar 1945 war es bitterkalt. Wir waren dick angezogen, meine Mutter und ich. Auf dem Marktplatz vor unserer Haustür drängten sich die Menschen: „Hackelspring brennt. Die Russen lassen alles in Flammen aufgehen!" Menschen rannten aufgeregt hin und her. Meine Mutter hielt mich fest an der Hand. Wir liefen mit der Menge über den ansteigenden Marktplatz in die Straße zum See. Auf der anderen Seite über dem verschneiten Eis hing eine feurige Wolke am Nachthimmel. Alles starrte auf die Unheil kündende Glutwolke. Ich hatte Angst. „Komm, wir gehen nach Hause." Meine Mutter zog mich an sich. „Kommen jetzt die Russen?!" fragte ich.

Auf dem Marktplatz umringte eine aufgeregte Menschenmenge 3 deutsche Soldaten, die von ihrem Jeep ein kleines, zweirädriges Geschütz abhängten. „Morgen ist die Front hier. Leistet bloß keinen Widerstand, sonst machen die Russen alles nieder. Der Krieg ist sowieso verloren. Wir hauen jetzt ab!" Sie ließen den Motor aufheulen und fuhren davon.

Ich stand im Bett. Meine Mutter zog mir noch einen Pullover über und noch eine Hose. „Was wir anhaben, können wir nicht verlieren." Wir lauschten auf das entfernte Maschinengewehrfeuer und dazwischen das dumpfe Dröhnen der Panzergeschütze. „Das ist noch weit weg im Wald," sagte meine Mutter. „Kommen die Russen jetzt!?" Ich zitterte am ganzen Körper.

„Die Russen nageln die Kinder mit der Zunge auf dem Tisch fest." Dieses Bild ging mir nicht aus dem Kopf. Diesen Satz hatte ich im Radio gehört. Ich hatte ihn bei Gesprächen der Erwachsenen aufgeschnappt. Er hatte sich meiner Phantasie bemächtigt. Ich wurde ihn nicht mehr los. „Die Russen nageln die Kinder mit der Zunge auf dem Tisch fest!" Ich sah es vor mir. Ich sah mich...

Ich sah, wie meine Mutter Sachen zu meiner kleinen Schwester in den Kinderwagen packte, wie Ammama, meine Großmutter, mit einer vollgestopften Tasche in der Schlafzimmertür erschien, und wie die Frau, die meine Mutter und ich gestern Mittag auf dem Marktplatz überredet hatten, mit ihrem Baby bei uns im Haus zu übernachten, jetzt gehen wollte mit ihrem Baby auf dem Arm. „Wir fahren jetzt!" sagte sie. „Vielleicht kommen wir noch durch!" Sie weinte.

Meine Mutter nahm das Baby aus ihrem Arm. „Bleiben Sie doch hier. Es hat doch keinen Zweck mehr." Aber die Frau schüttelte nur den Kopf: „Ich spanne jetzt die Pferde an." Damit ging sie in den Hof, in den wir gestern die Pferde gebracht hatten. „Wir müssen das Baby hierbehalten." Meine Mutter beugte sich mit dem Baby zu mir herunter. „Es ist so kalt auf dem Pferdewagen. Es wird erfrieren." Sie legte das Baby wieder in das Bett, deckte es zu und schob meine Schwester im Kinderwagen dicht an die Bettkante.

Meine Mutter schaffte es, die Frau zu überreden, ihr Baby bei uns zu lassen. Die Frau umarmte uns alle und ging dann weinend. Wir gingen mit ihr aus der Küchentür auf den Hof und von dort durch den Hausflur zum Markt. Die letzten Pferdewagen von dem Flüchtlingstreck fuhren jetzt los. Auch die Frau mit ihrem großen Leiterwagen. Dann war der Marktplatz leer. Das erste mal seit Monaten.

Als die Flüchtlingswagen aus Ostpreußen kamen, wurde unsere Schule geschlossen und als Unterkunft benutzt. Ich war im August eingeschult worden. Dabei standen alle Klassen auf dem Schulhof, und unser Lehrer sagte uns, wie wir die Hand ausgestreckt hochheben und mit den Fingern auf die rote Fahne mit dem Hakenkreuz oben auf dem Dach zeigen sollten. Jetzt hätte ich viel lieber weiter Os und As gemalt.

Meine Mutter zog mich ins Haus. Ich hielt mich an ihr fest. Das dumpfe Geräusch der Panzerkanonen machte mich zittern. Es war so unheimlich. Meine Mutter packte Papiere zusammen. Ich holte den kleinen Handwagen aus dem Stall hinten auf dem Hof. Alle Häuser waren direkt aneinander gebaut, sogar vom Markt in die Nebenstraße. So hatte unser Hof einen Torweg in die Nebenstraße. „Wir müssen alle Hitlersachen verschwinden lassen!" Meine Großmutter rannte aufgeregt herum. „Nimm den Hitlerkopf aus dem Schrank mit den Büchern und wirf ihn in den Aschenkasten!"

Ich ging durch die Küche ins Wohnzimmer. Bei uns waren alle Zimmer hintereinander in einer Reihe. Am Markt war unser Friseurgeschäft mit einem eigenen

Eingang. Aber ich hatte es nie in Betrieb erlebt. Mein Vater war ja schon viele Jahre im Krieg. Wir beteten jeden Abend, dass er wiederkommen soll. Nach dem Geschäft kam das Wohnzimmer, dann die Küche mit der Tür zum Hof, dann das Schlafzimmer. Der Schrank mit den Büchern stand neben dem Schreibtisch mit dem Weihnachtsbaum. Der blieb bei uns immer bis Ostern stehen.

Ich machte die Glasscheibe auf und nahm den Holzkopf heraus. Ich nahm ihn so, dass er mich nicht ansehen konnte. Dann rannte ich durch die Küche auf den Hof bis ans Ende. Dort war der gemauerte Aschenkasten. Ich stellte den Kopf auf den Kasten, klappte den Eisendeckel hoch und rollte den Kopf hinein. Der Kasten war ziemlich voll mit Asche. Hitler lag obendrauf und guckte mich an. Ich schlug die Klappe zu und rannte ins Haus.

In der Küchentür stieß ich mit einer Frau zusammen. Sie hielt das Baby im Arm. „Ich kann es nicht zurücklassen," weinte sie und lief davon. Meine Mutter weinte auch, nahm mich in den Arm und erklärte mir alles.

Als wir zu Mittag gegessen hatten, sollte ich Oma Preuß auch etwas bringen. Oma Preuß war keine richtige Oma von mir. Die alte Frau wohnte gegenüber im Hof oben über dem Uhrmacher. Ich war öfter bei ihr zum Geschichten erzählen in der Schummerstunde.

Als ich über den Hof in den Hausflur ging, hörte ich ein Dröhnen und fühlte, wie das Haus etwas vibrierte. Von dem Fenster auf der Flurtreppe sah ich mitten auf dem Marktplatz einen russischen Panzer. Dann hörte ich Rufe und sah zwei Männer in der SA-Uniform mit einer Armbinde mit Hakenkreuz vom Marktplatz genau auf unser Haus zulaufen. „Ruhe bewahren! Alle in die Häuser! Der Führer..!" Ich starrte auf den Panzer. Der Geschützturm drehte sich langsam und zeigte bedrohlich in die Richtung auf unser Haus. Dann gab es einen Ruck in dem Geschützrohr, einen dumpfen Knall, ich wurde umgerissen, fiel die Treppe hinunter, konnte mich aufrappeln und rannte schreiend zu meiner Mutter in die Küche.

Überall lagen Glasscherben, aber niemand war verletzt. Nichts passierte weiter. Wir lauschten. Es war ganz still. Nach einer Weile wieder das dröhnende Motorengeräusch, das Vibrieren und die ratternden Panzerketten. Es wurde leiser. „Der Panzer hat sich wieder zurückgezogen." Meine Mutter atmete auf. Wir fegten die Scherben zusammen. Auch das Mittagsgeschirr war kaputt.

Dann wieder Explosionen und das dumpfe Geräusch der Panzergeschosse. Aber es war nicht direkt bei uns. Ich klammerte mich an meine Mutter, die meine Schwester im Kinderwagen schaukelte.

„Die Hitlerjungen schießen mit Panzerfäusten und die vom Volkssturm auch," meine Großmutter war ganz außer Atem. „Wo warst du?" „In der Bergstraße. Da habe ich sie gesehen. Sie haben einen russischen Panzer vor der Apotheke abgeschossen. Jetzt werden sie uns dafür alle umbringen! Was sollen wir bloß machen?"

Inzwischen waren viele Leute auf dem Hof. Oma Preuß, der dicke Uhrmacher und seine Frau und noch mehr Leute. Nur Herr Dollny war nicht da. Er war Pole und Zwangsarbeiter bei dem Uhrmacher. Er hat mir einmal im Hausflur eine Pistole aus Sperrholz zum Spielen geschenkt.

Draußen war es ruhig geworden. „Die kommen wieder, wenn es dunkel ist", sagte meine Mutter. Wir hatten den Handwagen gepackt auf dem verschneiten Hof stehen, und der Kinderwagen stand in der Küche an der Tür. Immer wieder schlich meine Mutter in unseren Laden und sah durch die zerbrochene Schaufensterscheibe auf den Markt und in die Richtstraße. Es würde etwas passieren. Wir hatten alle Angst. „Ob sie mich mit der Zunge auf unseren Küchentisch festnageln!?" Ich rannte auf den Hof. Es war dunkel geworden.

Alle hatten Handwagen beladen und Taschen gepackt. „Sie stecken die Stadt in Brand! Sie werfen Flammenwerfer in die Häuser!" Meine Mutter kam aus dem Laden angerannt. „Wir müssen raus!" „Draußen knallen dich die Russen ab!" Alles rannte aufgeregt auf dem Hof hin und her. Immer wieder holten Leute noch Sachen auf den Hof. Ich hielt mich am Kinderwagen fest und sah über den schneebedeckten Hof. Vor dem Kaninchenstall mit den Angoras hatte ich so gern gespielt.

Ein seltsames Licht fiel jetzt darauf. Ich sah zum Himmel. Ein rötlicher Schein breitete sich aus. „Es brennt!" Jetzt hatten es alle gesehen. Funken flogen über die Dächer. Der rötliche Schein am Himmel wurde schnell zu einem roten Flackern und Zucken.

Meine Mutter kam wieder von ihrem Beobachtungsposten: „Bei Walters brennt es schon! Wir müssen raus!" Walters - das war das Hotel zwei Häuser neben uns. Wolfgang Walter war einige Jahre älter als ich. Er hatte mich im Sommer in seinem Ruderboot über den See mitgenommen. Vorher waren wir noch in ihrem Eiskeller. Da hingen unheimlich viele Fledermäuse unter der Decke. Aber jetzt waren Walters schon lange weg.

„Wir können nicht raus! Die Russen sind überall!" Die Leute schrien durcheinander und rannten hin und her. Alle waren mit ihren Sachen ein Stück zum Torweg in Richtung Bergstraße weitergezogen. Ich hielt mich an meiner Mutter und dem Kinderwagen fest.

Plötzlich hörte ich vom Torweg her eine fremde Stimme: „Madka, Madka, komm schnell, Kind verbrennt!" Dann tauchte ein russischer Soldat mit einem Gewehr in der Hand auf. Er winkte uns: „Madka, komm schnell, Kind verbrennt!" Alle waren ganz still. Er fasste unseren Kinderwagen und zog ihn durch den Torweg. Alle folgten.

Als wir auf der Straße waren, erstarrte ich. Der Himmel war ein Flammenmeer. Aus den Fenstern auf der anderen Straßenseite schlugen lange, rotgelbe Flammenzungen empor, und aus dem Turmaufsatz auf dem Eckhaus am Marktplatz fuhren die Flammen wie in einem Karussell herum. Der russische Soldat schob uns weiter die Straße entlang weg vom Marktplatz. Er zeigte mit seinem Gewehr in diese Richtung: „Schnell! Weg! DAWEI!" Dann verschwand er in dem Durcheinander.

Er hatte mich nicht
mit der Zunge auf dem Tisch festgenagelt.

Alle guten Gründe für einen Krieg
sind schlechte Gründe

Kein Zuhause mehr

Wir hatten uns in die Kellerwerkstatt der Tischlerei Rohr oben an der Bergstraße geflüchtet. Sie war voll mit Leuten. Alle saßen an den Wänden entlang auf Holzbänken und Brettern, hielten eine Tasche mit ihren wichtigsten Sachen fest, horchten auf jedes Geräusch und beobachteten voller Angst den Eingang. Es wurde nur wenig gesprochen. „Hoffentlich finden sie uns hier nicht!" Ich saß vor den Füßen meiner Mutter. „Ich will nach Hause."

Nach drei Nächten trauten wir uns das erste mal wieder nach draußen. Als ich ins Freie kletterte, konnte ich zuerst nichts erkennen. Das Tageslicht war so grell. Meine Augen taten weh. Ich hielt meine Hände davor. Dann merkte ich diesen ekelhaften Geruch, der in meine Nase und meinen Mund zog. Ich nahm langsam die Hände herunter. Dann spürte ich eine glühend heiße Welle von meinem Kopf über die Schultern den Rücken hinunter bis in die Beine laufen. Ich wollte schreien. Aber es kam kein Ton heraus. Vor mir lag mein Zuhause in Trümmern. Und aus den Trümmern stieg an vielen Stellen beißender Rauch auf, viele Balken glühten noch.

Wo unser Haus und die Häuser unserer Nachbarn gestanden hatten, ragten noch ein paar ausgebrannte Mauerreste in den grauen Schneehimmel. Da waren schwarze Fensterhöhlen, dort hing an einer Mauer noch ein Stück Geschossdecke schräg nach unten mit einem Bett darauf und einem Schrank. Die andere Hälfte des Zimmers lag unten in Trümmern, die noch quiemten. Da, wo unser Torweg auf die Seitenstraße geführt hatte, steckte jetzt das rote Auto der Feuerwehr. Es war halb umgekippt und ganz zerbeult. So ein Auto wollte ich immer zum Spielen haben mit der großen ausfahrbaren Leiter in der Mitte und den Feuerwehrleuten, die rechts und links aufgereiht nebeneinander unter der Leiter saßen mit dem Gesicht nach außen.

Als es zu brennen anfing, waren die alten Männer vom Volkssturm damit zum Löschen ausgefahren. „Die Russen haben sie mit ihren Panzern durch die Stadt gejagt", erzählte Ammama später. Das Feuer hatte alle Häuser am Marktplatz, an der Hauptstraße und bis weit in die Seitenstraßen gefressen. Ich war wie betäubt. Dieses schreckliche Bild brannte sich in mein Gedächtnis. Dann stürzten Tränen aus meinen Augen, und ich wusste lange nichts mehr.

In den folgenden Jahren überfiel mich dieser gleiche

Zustand oftmals wieder. Zuerst wusste ich nicht warum. Erst nach und nach entdeckte ich, dass es immer dann geschah, wenn ich an einer brennenden Müllkuhte vorbeikam, oder irgendwo in der Nähe Hausrat brannte. Es war dieser Geruch, der diesen Zustand wieder in mir auslöste. Erst als mir der Zusammenhang klar wurde, begann die Besserung.

Ein nächtlicher Überfall

Wir fanden in einer anderen Seitenstraße bei einer Frau mit ihrer großen Tochter Unterkunft. Auf der Hauptstraße rollte ohne Unterbrechung der Nachschub für den Kampf um Berlin. „Das sind alles amerikanische Lastwagen." Ammama packte ein dünnes Stück klitschiges, schwarzes Brot aus. Wir starrten heißhungrig darauf. Die Vorräte in dem Haus waren schon aufgebraucht. Wir hatten Hunger. „Wo hast du das her?" „Ich war auf der Kommandantur. Sie organisieren Lebensmittel für die zurückgebliebene deutsche Bevölkerung. Jeder soll in der Woche so ein Stück Brot kriegen." „Wir brauchen Milch für unsere kleine Elke!" „Im Hohlengrund, in der Molkerei, soll es für Kleinkinder auch etwas Milch geben, haben sie gesagt." Großmutter war immer unterwegs. Meine Mutter traute sich nicht raus.

„Frauen und Mädchen dürfen sich gar nicht draußen sehen lassen," sagte Ammama. „Die russischen Soldaten schnappen sie gleich weg. Mich wollten sie heute auch mitnehmen. Aber es war bei der Kommandantur. Da bin ich gleich reingerannt. Und die Soldaten sind abgehauen." „Du kannst auch nicht so einfach raus!" sagte meine Mutter. „Dann musst du jetzt Essen besorgen. Kindern tun sie nichts." Meine Großmutter sah mich an. „Du musst betteln gehen. Über dem Markt in der Nebenstraße schlachten sie für die Soldaten. Und am Ende der Richtstraße ist die Bäckerei stehen geblieben. Da wird für die Soldaten gebacken. Da musst du hingehen." „Was soll ich denn sagen?" „PAN SKLEB, wenn du Brot haben willst. Und: PAN MASLA, wenn du Fett oder Fleisch haben willst." „PAN SKLEB; PAN MASLA", wiederholte ich die fremden Zauberworte.

Wir hatten in der Wohnung das "richtige" Schlafzimmer. Das lag vorne im Haus an der Straße. Die Frau schlief mit ihrer großen Tochter nachts immer in einem Versteck hinten über den Hof. „Wenn nachts Russen kommen und finden euch hier, dann suchen sie nicht weiter," hatte sie gesagt. So lag ich mit meiner Mutter im Doppelbett, meine kleine Schwester schlief im Kinderwagen, der vor dem Bett stand, und meine Großmutter schlief im Nebenzimmer.

Mit "PAN SKLEB, PAN MASLA", schlief ich ein. Splitterndes Glas und ein Schrei meiner Mutter ließen mich hochschrecken. Ein dunkler Schatten im Fenster wurde immer größer, und plötzlich stand ein russischer Soldat vor dem Bett bei meiner Mutter. Ich fuhr hoch und schrie. Er schlug über meine Mutter hinweg mit der

Faust nach mir. Da stürzte meine Großmutter ins Zimmer, rannte zum Fenster und schrie immerzu:

„Kommandantura, Kommandantura!" Der Soldat stand einen Moment unschlüssig vor meiner Mutter am Bett und sah mich und sie an. Da schlug meine Mutter die Bettdecke von ihren Beinen zurück. Der Soldat fuhr zurück, als er die offenen Wunden an den Unterschenkeln meiner Mutter sah. Dann drehte er sich um und sprang mit einem Satz aus dem Fenster und verschwand in der Nacht. Wir zitterten, klammerten uns aneinander und weinten. „Ach Hanselchen, seit deiner Geburt habe ich die schlimmen Beine. Und jetzt haben sie uns gerettet."

Hitler lebt

Der Schnee war weggeschmolzen, und wir hatten eine andere Unterkunft gefunden. Es war ein Eckhaus am Ende einer Seitenstraße. Die Häuser davor waren ganz ausgebrannt. In diesem Haus war nur das Erdgeschoss angebrannt. Wir teilten uns die Wohnung oben mit einer Frau, die auch ein kleines Mädchen von knapp 3 Jahren hatte. Ich ging jetzt immer los, um etwas Essbares zu finden. „In unserem Keller müssen noch die Gläser mit dem Eingemachten stehen. Die sind bestimmt nicht verbrannt."

Ich zog wieder los. An der Stelle, wo das Tor von der Seitenstraße in unseren Hof geführt hatte, kletterte ich über die Trümmer. Auch im Hof lagen überall Trümmerstücke: Steine, Balken und verkohlte Einrichtungsgegenstände, die heruntergestürzt waren. Gegenüber die Mauern von dem Stall, in den wir die Pferde von der Flüchtlingsfrau untergestellt hatten, standen noch. Ich suchte den Kaninchenstall. Er war weg. Er war ja ganz aus Holz. Kein Angora war zu sehen. Die sind sicher auch alle verbrannt. Aber der Aschenkasten an der Stallmauer sah unversehrt aus. Ein angekohlter Balken lag über dem Deckel. Ich schob ihn etwas zur Seite und hob den Deckel hoch. Das Gesicht von Hitler starrte mich an. „Den dürfen die Russen nicht bei uns finden," hörte ich noch die Worte von Ammama. Jetzt war bei uns alles verbrannt, nichts war mehr da. Nur der Hitler war nicht verbrannt. Der Holzkopf hatte im Aschenkasten überlebt. Ich starrte ihn an. Dann erinnerte ich mich, wie ich mit meiner Mutter ihre Freundin, die in der Stadtverwaltung arbeitete, besucht habe. Als wir in das Büro kamen, mussten wir gleich ganz leise sein.

„Der Führer spricht!" Alle Leute im Zimmer sahen auf den schwarzen Kasten mit den zwei runden Knöpfen unten und dem runden, stoffbespannten Kreis darüber. Die Stimme aus dem Kasten dröhnte in meinen Ohren. Ich verstand immer wieder das Wort „Wunderwaffe." Hitler versprach, damit alle Feinde zu besiegen. Ich dachte dabei an die Pistole, die mir Herr Dollny geschenkt hatte. Eine Wunderwaffe ist sicher so eine Pistole, durch die mit einem Schuss sieben auf einen Streich umfallen.

Aber jetzt lag Hitler vor mir im Aschenkasten, und mein Zuhause war abgebrannt, und ich hatte Hunger. Ich knallte den Deckel zu und schob den Balken wieder darüber. Hitler sollte da nicht wieder raus kommen.

Gebrannter Zucker

Ich ging vom Aschenkasten nach vorne über den Hof. Jetzt konnte ich über die Trümmer bis auf den Marktplatz sehen. Die stehengebliebenen Brandmauern, aus denen verkohlte Balken hingen, sahen sehr bedrohlich aus. Ich überlegte. Vom Hausflur ging die Treppe in den Keller. Da traute ich mich immer nicht hinein. Ich hörte noch die Worte meiner Mutter: „Im Keller, da ist es duster, da wohnt der Mummelsack. So lange Hörner hat er." Und dann legte sie die Hände als Fäuste an die Stirne und streckte die Zeigefinger vor. Da habe ich mich immer so schön schlimm gefürchtet. Meine Mutter hat dann immer gelacht und mich in den Arm genommen. Jetzt hatte ich keine Angst mehr vor dem Mummelsack. Ich hatte Hunger. Aber den Eingang zum Keller konnte ich unter den Trümmern nicht finden.

Ich kletterte über die Trümmer auf die Straße am Marktplatz. Da sprangen zwei russische Soldaten mit Panzerfahrerhauben auf dem Kopf aus den Trümmern nebenan. Als wir uns plötzlich gegenüberstanden und uns ansahen, sagte ich: „PAN SKLEB!?" Sie sahen sich an, dann winkten sie mir mitzukommen. Sie kletterten wieder in die Trümmer, drehten sich immer wieder nach mir um und winkten und riefen mir etwas zu. Ich kletterte hinter ihnen her.

Plötzlich blieben sie stehen und zeigten auf den Boden zwischen die Steine. Da war etwas Schwarzes. Der eine Soldat hockte sich hin, räumte ein paar Steine zur Seite und schlug dann mit einem Stein auf das Schwarze. Einige Stücke sprangen davon ab. Er reichte mir ein Stück. Ich sah ihn ratlos an, weil ich nicht wusste, was es war. Da nahm er ein Stück und steckte es sich in den Mund. Sein Freund nahm auch ein Stück und lachte und redete auf mich ein. Ich probierte vorsichtig mit der Zunge. Es schmeckte süß wie Zucker und war ganz hart. Da merkte ich, was es war. Das war verbrannter Zucker. Ich steckte es in den Mund und lachte auch. Die zwei Russen lachten und bedeuteten mir, dass ich mir mehr nehmen sollte. Dann rannten sie schnell davon.

Ich lutschte Zuckerbonbons. Hier musste der Kaufmannsladen gewesen sein. Über der Eingangstür war die bauchige Kaffeekanne und im Schaufenster der große, dicke Mann mit der Lederschürze und der Sackkarre. „Kaisers Kaffeegeschäft", hatte mir meine Großmutter erklärt. Sie hatte oft erzählt, wie sie den Kaiser in Berlin gesehen hatte. Aber in dem Geschäft war der Kaiser nie. „Die Geschäfte gehören Kaisers Kindern, die er mit anderen Frauen hatte," sagte meine Mutter. Ich weiß das nicht. Ein paar Stücke von dem gebrannten Zucker konnte ich noch losschlagen. Ich steckte sie in meine Hosentasche und unter mein Hemd. Ich dachte, die nehme ich mit nach Hause. Ich stand auf, sah durch die Ruinen und fing an zu weinen. Was war denn jetzt mein Zuhause?

"Arme Männer"

Ich ging traurig zurück zu dem Haus, in dem wir jetzt wohnten. An der Haustür sah ich mich nach allen Seiten um. Niemand war zu sehen. Dann klopfte ich an das Flurfenster: dreimal kurz und zweimal lang. Es dauerte eine Weile. Dann hörte ich, wie innen die Tür frei geräumt wurde und sich der Schlüssel im Schloss drehte. Die Tür öffnete sich, und meine Mutter zog mich in den Flur. Als sie die Tür wieder zumachen wollte, wurde sie von außen wieder aufgedrückt.

Zwei Männer standen im Eingang. Der eine hatte ein Foto in der Hand. Er hielt es meiner Mutter hin. „Du haben Kind", sagte er. „Wo ist Kind?" Meine Mutter hielt mich erschrocken fest. „Kleines Kind," sagte der andere. „Wir wollen kleines Kind sehen!" Dabei zeigte er wieder auf das Bild. Jetzt konnte ich das Bild auch erkennen. Der Mann war darauf zu sehen mit einer Frau, die ein kleines Kind auf dem Arm hatte. Oben ging eine Tür auf und die Frau oben rief: „Ist etwas?" Da rannten die beiden Männer an uns vorbei nach oben. „Keine Angst! Keine Angst!" riefen sie. Wir liefen hinterher. „Das sind Russen, die wollen die Kinder sehen!" rief meine Mutter nach oben. Dann waren wir alle in dem Zimmer.

Die Frau hielt ihr kleines Mädchen auf dem Arm, meine kleine Schwester saß auf einer Decke auf dem Fußboden. Der eine Russe setzte sich gleich zu ihr. Der andere zeigte der Frau das Bild, zeigte auf das Kind auf dem Foto und dann auf sich. Das war also sein Kind. Dann nahm er der Frau das Mädchen aus dem Arm und setzte sich auch auf den Boden. Meine Mutter und die Frau standen ganz ratlos da. Dann stand der eine Russe auf. „Madka, wir spielen mit Kind", sagte er und schob die beiden Frauen aus dem Zimmer. Ich wollte auch weglaufen, aber er hielt mich fest. „Du mitspielen."

Dann saßen wir alle auf dem Fußboden. Die beiden lachten und redeten und sangen und rollten mit einem Ball und nahmen die Kleinen in den Arm. Die beiden kleinen Mädchen weinten nicht. Sie fingen an zu lachen. Ich spielte auch mit. Dann sah meine Mutter in das Zimmer. Wir hatten wohl schon lange gespielt. Die beiden standen auf. Jeder hatte ein Mädchen auf dem Arm. Sie gaben den Frauen die Mädchen. Sie redeten und lachten. Und dann umarmten sie uns alle, und ich sah, wie dem einen Tränen aus den Augen liefen. „Morgen wieder?" fragte der eine. Dann gingen sie. Meine Mutter verrammelte wieder die Tür und ließ sich dann einfach auf die Couch fallen. „Hatte ich eine Angst", sagte sie immer wieder und lachte und weinte durcheinander. „Die beiden sind schon ein paar Tage immer um unser Haus gelaufen. Die haben uns bestimmt einmal mit den Kindern am Fenster gesehen. Die haben bestimmt Heimweh nach ihren Kindern gehabt. Die armen Männer!"

„Wann kommt Vater wieder?" fragte ich.

Geld - jede Menge Geld

Der Hunger wurde immer schlimmer.

Ich suchte überall nach etwas Essbarem. Und ich war nicht allein. Die anderen Kinder, die noch im Ort waren, stromerten genau so herum. Manchmal ging ich mit Willi auf Essenssuche. Und wir wussten immer, wenn irgendwo etwas Besonderes passierte. „Sie haben die Bank gesprengt!" Willi war ganz aufgeregt. Wir rannten in die Seitenstraße. Das Bankgebäude war nicht abgebrannt. Die Eingangstür stand weit offen. Einige russische Soldaten kamen lachend heraus.

Wir liefen in das Treppenhaus, die Stufen nach oben und durch die nächste offene Tür. Einige Soldaten sprangen darin herum, lachten, bückten sich und warfen mit dem am Boden liegenden Papier um sich. Willi packte mich am Arm: „Das ist echtes Geld!" An der gegenüberliegenden Wand konnten wir in die Eisenschränke sehen. Die Türen waren herausgerissen. Einige hingen noch an einer Ecke fest. „Da war das Geld drin!" erklärte mir Willi. Da bemerkte uns einer der Soldaten. Er nahm uns an der Hand und tanzte mit uns durch den Raum, so dass das Geld hoch wirbelte. Dann hob er eine Handvoll Geldscheine auf und steckte sie mir in die Hosentasche. Willi hatte sich schon selbst die Taschen vollgestopft. Plötzlich brüllte ein Soldat, der an einem noch geschlossenen, eisernen Schrank hantierte, ein russisches Kommando. Alle rannten aus dem Raum und zerrten uns mit in den Flur. Wir rannten gleich weiter. Als wir auf der Straße waren, gab es einen lauten Knall. „Jetzt haben sie den letzten Tresor gesprengt."

Wir verzogen uns in unser Versteck. Wir hatten nämlich ein Haus gefunden, dessen Seitenmauern und der Fußboden vom ersten Geschoss noch standen. Es war wie eine offene Puppenstube. Wir kletterten in das erste Geschoss, setzten uns an den Rand, ließen die Beine herunterbaumeln und zählten unseren Reichtum. Soviel Geld hatten wir noch nie in den Händen gehabt.

„Und was machen wir damit? Es gibt ja keine Geschäfte mehr," fragte ich Willi. „Dann behalten wir es eben zum Spielen." Wir spielten erst Quartett und dann Ablegen. Als wir keine Lust mehr zum Spielen hatten, sortierte ich alle 50-Markscheine aus und steckte sie in meine hintere Hosentasche. Willi packte plötzlich die anderen Scheine, stellte sich an den Rand und schrie über die Trümmer:

„Leute, es regnet Geld! Es regnet Geld!"

Und dabei warf er die Scheine einfach in die Luft. Einen Moment segelten sie in der Luft hin und her. Dann erfasste sie eine Windboe, wirbelte sie hoch und zerstreute sie über die Trümmer der Stadt. „Das Geld ist futsch!" schrie Willi hinterher. Und ich stimmte ein:

„Das Geld ist futsch!
        Die Stadt ist futsch!
                Alles ist futsch!"

PAN SKLEB, PAN MASLA

„Die Frau, die in der Schlachterei für die Russen arbeitet, kann morgen früh vielleicht ein paar Knochen abgeben. Du musst dann an dem Tor hinten am Haus sein." Ammama hatte ihre Ohren überall. Als ich ganz früh vom Marktplatz kommend in die Straße einbog, in der die Schlachterei war, sah ich an den Hauswänden entlang schon viele Leute stehen. Ich wollte an ihnen vorbei gehen. Da zog mich eine alte Frau am Arm: „He, wo willst du hin? Wenn du etwas zu essen haben willst, musst du dich hinten anstellen. Und mach ja keinen Lärm. Das ist nämlich verboten, wenn die uns etwas abgeben."

In diesem Moment ging in dem Torweg eine kleine Tür auf. Eine Frau guckte heraus. „Hier ist ein Korb mit Knochen. Verteilt ihn unter euch. Aber macht schnell." Sofort stürzten sich die ersten auf den Korb. Ich kam mit der Frau vor mir gar nicht bis dahin. Denn plötzlich kam ein Soldat aus dem Tor. Er hatte eine große Pistole in der Hand und rief uns etwas laut zu. Dann hob er die Pistole hoch und schoss über uns in die Luft. Ich ließ mich sofort auf den Boden fallen und zitterte vor Angst. Dann kroch und rannte ich zurück um die nächste Ecke.

Ich hörte es noch ein paar mal schießen. Aber mir war nichts passiert. Und wieder hatte ich nichts zu essen.

Ich schlich voller Angst und Trauer über den Markt-platz an den Trümmern entlang, in denen wir gewohnt hatten. Da kam ein einzelner, großer Soldat mit einem Gewehr über der Schulter und einem Tornister auf dem Rücken mir entgegen. Ich ging direkt auf ihn zu, sah ihn an und sagte bittend: „PAN SKLEB." Er blieb auch ste-hen. Er sah mich eine Weile erstaunt und dann - so fühl-te ich es - freundlich an. Dann nahm er sein Gewehr ab, lehnte es an einen Mauerrest von unserem Geschäft und stellte seinen Tornister darauf. Er sah mich wieder an und sagte etwas, was ich nicht verstand. Ich wiederholte mein „PAN SKLEB".

Er klappte seinen Tornister auf, griff mit der Hand hin-ein und holte eine kleine, aus Zeitungspapier gedrehte Spitztüte heraus. Er öffnete sie und hielt sie mir vors Gesicht. Der Inhalt war weiß. Er sah mich an. Dann steckte er einen Finger hinein, an dem einige Körner hängen blieben. Er leckte sie ab, lachte, nahm meine Hand und steckte meinen Finger hinein. Ich leckte ihn ab. Es war Zucker. Ich strahlte ihn an. Er faltete die Tü-te wieder zu und gab sie mir. Dann strich er mir mit ei-ner Hand über meine Haare und schob mich weiter. Ich lief ein paar Schritte, blieb dann stehen und drehte mich um. Er hatte seinen Tornister wieder aufgesetzt und sein Gewehr geschultert. Er sah zu mir zurück und winkte. Dann marschierte er weiter. Da kam mir der Gedanke, dass er jetzt weiter in den Krieg muss, und dass diese Tüte Zucker sicher seine eiserne Ration war. Ich sah die Tüte in meiner Hand ehrfürchtig an und meinte, in die Augen des Soldaten zu sehen.

Zu Hause erzählte ich wie immer alles meiner Mutter. Sie nahm mich in den Arm und weinte. „Scheiß Hitler! Scheiß Krieg!" sagte sie. „Vielleicht macht der liebe Gott bald mit allem Schluss. Wir haben sowieso nichts mehr zu essen. Und Vater kommt bestimmt nicht wieder aus diesem verdammten Krieg!" Ich musste auch weinen. Ich hielt ihr die Tüte mit dem Zucker hin und sagte: „Aber wenn Vater doch wiederkommt, müssen wir hier sein. Wir beten doch jeden Tag, dass er wiederkommt."

Am Nachmittag ging ich wieder los. Ich ging zur Bäckerei. Ich ging vom Marktplatz die Hauptstraße entlang. Alle Häuser waren abgebrannt. Der Buchladen von meinem Patenonkel war auch ausgebrannt. Die Trümmer waren inzwischen von der Straße geräumt. Das hatten Frauen machen müssen. Ich stieg die Stufen hoch, wo es in den Laden gegangen war. Hier also hatte mein Patenonkel mit der Panzerfaust gestanden und auf die Panzer geschossen. Er hatte aber nicht getroffen. Er hat das Haus gegenüber in Brand geschossen. Ich sah die Trümmer auf der anderen Straßenseite. Mein Patenonkel war nicht im Krieg. Er hinkte, weil er ein zu kurzes Bein hatte. Aber er lief oft in einer braunen Uniform herum.

„Diese Idioten", hat meine Mutter oft gesagt. „Hätten die bloß nicht den Hitlerjungen die Panzerfäuste gegeben. Über zehn Panzer haben sie abgeschossen und die Soldaten getötet. Und dafür ist jetzt die ganze Stadt abgebrannt." Meine Großmutter erzählte, dass sie meinen Patenonkel geviertteilt hätten. Sie hätten ihn zwischen Pferde gespannt.

Ich sprang die Stufen hinunter und ging weiter. Hinter einer Straßenecke stand die Bäckerei. Ich beobachtete. Ein Jeep stand davor. Aus der Bäckerei kamen zwei Soldaten mit einem großen Korb voller Brote. Sie stellten ihn in den Jeep und fuhren weg. Ich ging an das Haus und sah durch die Tür. Der Geruch von frischem Brot zog in meine Nase, und vor dem Tresen stand noch so ein Drahtkorb voller Brote. Ich spürte meinen Hunger. Ich ging in den Laden. Hinter dem Tresen packten zwei Frauen Brote in Körbe. Ich sah wie gebannt auf die Brote. Da ertönte eine fremde Männerstimme: „He, weg, DAWEI!" Ich wusste sofort, das ist der Aufseher. Mein Hunger war größer als meine Angst. Ich sprach ihn an: „PAN SKLEB." Er sah mich überrascht an. Dann sagte er: „Du TOBAKKO?" „TOBAKKO," wiederholte ich. „Nein." „Du TOBAKKO, dann SKLEB. Jetzt weg, DAWEI!" Ich musste gehen.

Mein Hunger tat weh im Bauch. Ich ging den Weg zurück am Marktplatz vorbei und immer weiter. Vor der Post saßen fünf Soldaten auf einer Mauer in der Sonne und aßen Brot. Ich stellte mich unten vor sie: „PAN SKLEB?" Sie bemerkten mich erst nicht. Sie redeten miteinander. Ihre Tornister und Gewehre lagen neben ihnen auf der Mauer. Sie hatten ihre Mäntel aufgeknöpft. Ich rief noch einmal: „PAN SKLEB!" Sie sahen von oben auf mich herab.

„Du deutsch?" rief einer. Und ein anderer fragte gleich: „Hier Berlin? Wo Hitler?" Und dann lachten sie alle und kauten ihr Brot. Ich schüttelte den Kopf und blieb stehen. Ich dachte an den Hitler im Aschenkasten. „Berlin – nein – Berlinchen." Da warf mir der vorderste Soldat den Rest seiner Brotstulle zu. Sein Nebenmann hatte auch noch ein Stück Brotrinde in der Hand. Das gab er mir. Die anderen hatten nichts mehr. Ich nahm das Brot und rannte weg. Ich hörte, wie sie lachten.

Kartoffeln, Salz und Fische

Mutter hatte wieder Griepschelsuppe gekocht aus Kartoffeln und Wasser. Ein Teil der Kartoffeln war fein gerieben und einige waren nicht zu Ende gerieben. So blieben ein paar Kartoffelstücke ganz. Ich hatte großen Hunger. Aber heute schmeckte die Griepschelsuppe anders. Ich sah meine Mutter fragend an, als ich den Löffel im Mund hatte. „Ich habe kein Salz mehr." „Wo gibt es denn Salz?" fragte ich. „Ich weiß es nicht. Vielleicht in einem leeren Haus in einer Küche." „Ich werde etwas finden. Brauchen wir denn Salz?" „Kartoffeln sind wichtiger! Und die sind jetzt auch alle. Hier im Haus sind keine mehr. Aber wir brauchen auch andere Sachen zum Essen. So wirst du immer dünner. Nur dein Bauch wird dick."

Ich stellte mich neben den Stuhl und sah mich genau an. Meine Knie waren dicker als meine Oberschenkel. Aber mein Bauch war richtig rund. „Das ist ein Kartoffelbauch," sagte meine Mutter. „Kann man davon sterben?" „Wenn wir Kartoffeln und Salz haben, sterben wir nicht. Aber für Elke brauchen wir immer etwas Milch." „Die Bauern haben doch Kartoffeln in Mieten auf den Feldern liegen. Da gehen wir morgen suchen."

Ammama räumte den Tisch ab. „Nein, das ist zu schwer und zu weit für dich, Ammama. Ich gehe mit Hansel morgen früh los."

Am nächsten Morgen holte ich den Handwagen vom Hof hinter dem Haus. Er stand immer bereit, falls wir plötzlich weg müssten. Mir war klar, dass uns keiner erwischen durfte. Besonders hatte ich Angst, dass die Soldaten meine Mutter mitnehmen würden. Wir waren schnell auf Schleichwegen am Stadtrand.

„Weißt du noch, wie wir im Herbst Lehmanns bei der Ernte geholfen haben?" „Da, wo der Anhänger plötzlich losgefahren ist?" „Du hast die Bremse losgemacht! War das eine Aufregung!" „Ich hab doch nicht gewusst, dass das die Bremse war." Was haben sich die Leute da aufgeregt. Während alle am Arbeiten waren, bin ich auf den grünen Anhänger geklettert, auf den Sitz vor der Ladefläche. Da habe ich alles untersucht und dann an der komischen Kurbel gedreht. Plötzlich bewegte sich der Wagen. Er stand am Feldrand auf einer kleinen An-höhe und rollte jetzt los direkt auf einen Stapel mit Ern-tekörben und Kisten zu. Da schrie Frau Lehmann: „Der Bengel hat die Bremse gelöst!" Die Leute sprangen auf, einige hängten sich hinten an den Wagen, um ihn zum Stehen zu bringen. Aber er rollte weiter. Ich wusste nicht, was ich machen sollte. Da sprang ein Mann zu mir auf den Sitz und drehte diese Kurbel. Es quietschte, der Wagen rollte langsamer und hielt direkt vor den Körben an. Alle redeten durcheinander, und Frau Lehmann war sehr böse mit mir. „Ich hab` doch nicht gewusst, dass das die Bremse war," sagte ich noch einmal und zog dabei unseren Handwagen schneller voran.

Wir mussten lange laufen, bis wir auf dem Feld waren. Und dann fingen wir an, mit den Händen die Miete aufzuwühlen. Erst musste Erde weggeräumt werden. Dann kam eine Lage Stroh. Wir schwitzten alle beide. Und dann waren wir endlich an den Kartoffeln. Sie lachten uns richtig an. „Wir haben zu essen! Wir haben zu essen!" Mutter tanzte vor Freude um den Handwagen.

Da hörten wir ein Motorengeräusch. Wir duckten uns hinter die Kartoffelmiete. Auf der Straße kam ein Lastwagen angefahren. Wir beobachteten ihn ängstlich. Hinten auf der Ladefläche saßen Soldaten. Sie stützten sich auf ihre Gewehre, die alle mit dem Lauf nach oben zeigten. Doch der Lastwagen fuhr weiter. Sie hatten uns wohl nicht bemerkt. Mutter hatte alte Stoffreste mitgenommen. Damit legten wir den Handwagen aus. Dann luden wir ihn bis zum Rand voll mit Kartoffeln. Oben drauf kamen die restlichen Stoffreste. Von den Kartoffeln war nichts mehr zu sehen.

Auf dem Rückweg mussten wir viele Pausen machen, so schwer war der Handwagen. Und es war schon fast Abend, als wir endlich wieder zurück waren. „Ich kann nicht mehr", sagte ich immer wieder. Mir tat alles weh. „Jetzt fehlt uns nur noch Salz", stöhnte Mutter.

Am nächsten Tag war ich wieder mit Willi unterwegs. Willi war drei Jahre älter. Er wusste schon ganz viel. Er holte aus seiner Hosentasche ein Eisengestell mit einem schwarzen Gummiband. „Weißt du, was das ist?" fragte er mich. Ich hatte keine Ahnung. „Das ist eine Zwille. Damit kann man schießen. Hier, sieh mal!" Er nahm einen runden Stein, legte ihn in die Mitte vom Gummi, hielt mit der linken Hand das Eisengestell fest und zog ganz stark mit Zeigefinger und Daumen, zwischen die er das Gummi mit dem Stein eingeklemmt hatte, bis das Gummiband ganz gestrafft war. „Da oben, die kaputte Fensterscheibe!" rief er und ließ das Gummi los. Und schon klirrte es. „Getroffen!" rief er. Ich staunte. Und dann übte ich Zwille schießen. „Damit schießen wir Tauben oder Kaninchen. Das gibt einen Braten!" Wir zogen durch die Trümmer. Aber es war keine Taube und kein Kaninchen zu sehen.

Wir standen auf der Hauptstraße. Willi zeigte auf ein großes, ausgebranntes Haus. „Das war einmal ein Kaufhaus. Komm, wir klettern da rein. Vielleicht finden wir noch etwas." Von dem Haus standen noch viele Mauern sogar eine Steintreppe nach oben war noch da. Aber alles andere, das Dach, die Fenster und Türen und die Einrichtung, war verbrannt. Es sah wie ein Gerippe aus.

Wir kletterten über die Trümmer auf der Treppe nach oben. Alles war verrußt. Aber wir kamen in den ersten Stock. Wir waren ganz allein. „Hält das denn?" fragte ich Willi. „Klar! Aber wir müssen aufpassen!" „Was ist denn das? Sind das Zähne?" Ich bückte mich über eine offene, eiserne Kiste. Willi kam zurück. Wir nahmen eine Handvoll von den gelblichweißen Dingern heraus. „Das sind Backenzähne," erklärte Willi. „Sind die echt? Von wem sind die?" Wir untersuchten einen Zahn genau. Ich starrte ihn ängstlich und ehrfürchtig an. „Sind das wirklich Menschenzähne?!" „Quatsch, alles künstliche Zähne. Die sind gut für meine Zwille." Er holte seine Zwille heraus und schoss gleich einen Zahn damit weg. „Die fliegen prima. Die nehmen wir mit!" Wir stopften uns die Taschen damit voll. „Und jetzt gehen wir zum See. Vielleicht können wir eine Ente schießen. Hier finden wir doch nichts zu essen."

Wir hatten beide Hunger. Auf der Straße erzählte ich Willi von unserem Kartoffelfund. „Bei uns gibt es auch nur Kartoffeln. Kartoffeln, Kartoffeln, immer Kartoffeln. Ich will mal ein Stück Fleisch essen!" „Das Haus da drüben ist gar nicht abgebrannt." Ich zeigte auf ein einzelnes Haus ohne Fenster auf der anderen Straßenseite. „In der Scheune ist auch nichts Essbares. Ich hab schon alles untersucht."

Ich rannte zur Scheune. Das Scheunentor stand ein Stück weit offen. Da drin war es dunkel. Ich drückte das Tor etwas weiter auf. Ich ging ein paar Schritte hinein und blieb dann stehen. Langsam gewöhnten sich meine Augen an die Dunkelheit. „Siehst du, nichts drin!" Willi stand neben mir. „Und was ist das da?" fragte ich und zeigte auf einen rötlich schimmernden Haufen. Er lag am Scheunenende. Wir gingen hin. „Ist das Sand?" Ich nahm etwas in die Hand und roch daran. „Weiß ich nicht," sagte Willi. „Komm, wir wollen zum See." Ich betrachtete das Zeug in meiner Hand. Dann probierte ich es mit der Zunge. „Das schmeckt wie Salz!" rief ich. „Willi, das ist Salz!" „Ja, Viehsalz," lachte Willi. „Davon wird man auch nicht satt." Aber wir brauchten doch Salz. Ich machte eine Hosentasche wieder leer und füllte sie mit Viehsalz. Dann zogen wir zum See.

„Wir müssen uns ganz vorsichtig an die Enten anschleichen," erklärte Willi. Wir hockten hinter einer Weide am Ufer. Aber wir sahen keine Ente und auch keine Schwäne. Plötzlich gab es einen Knall, und eine Wasserfontäne schoss nicht weit von uns entfernt aus dem See in die Höhe.

„Was war das?" Wir hatten uns automatisch auf die Erde fallen lassen und beobachteten angespannt das Wasser. Da flog etwas durch die Luft in den See auf die gleiche Stelle. Dann wieder der Knall und das hoch spritzende Wasser. Dann hörten wir Stimmen. Wir sahen zwei russische Soldaten auf uns zu laufen. Willi versteckte schnell seine Zwille. Sie riefen uns etwas zu und zeigten angespannt auf das Wasser, das sich langsam beruhigte. Wir sahen die beiden verständnislos an.

Der eine zeigte immer weiter auf das Wasser, während der andere aus einer Tasche eine eierförmige Kugel herausholte. Er machte etwas daran und warf sie dann ins Wasser. Schon krachte es wieder, und die See spritzte hoch. Da schaukelte etwas Silbernes in den Wellen. „Ein Fisch!" rief Willi. „Da, noch mehr!" Mit einem langen Ast holten die Soldaten einige Fische ans Ufer. Die größeren steckten sie in einen Beutel, die ganz kleinen ließen sie im See. Wir sahen ihnen gespannt zu.

Als sie ihren Beutel voll hatten, fragte ich sie plötzlich: „PAN SKLEB." Sie sahen mich an, lachten und redeten auf mich ein. Ich verstand aber nichts. Ich wiederholte nur „PAN SKLEB!" Da nahmen sie zwei Fische wieder aus ihrem Beutel heraus und gaben mir einen und Willi einen. „Da, SKLEB DOBSCHE!" Der Fisch glitschte mir immer wieder aus der Hand. Die Soldaten lachten. Dann nahm der eine Soldat den Fisch an den Kiemen und hielt ihn mir hin. Ich machte es genau so. Er nickte, tippte mir auf die Schulter, und dann gingen sie.

Wir rannten mit unseren Fischen auch nach Hause. Heute gab es für jeden ein Stück Fisch und Kartoffeln soviel jeder essen konnte. Und alles war mit Salz gekocht. „Das ist zwar Viehsalz, aber es ist Salz. Wenn wir dich nicht hätten."

Kosaken und deutsche Kriegsgefangene

Ich stand mit anderen Kindern draußen am Zaun meiner Schule, drückte mein Gesicht zwischen die Holzlatten und sah auf den Hof unter den Bäumen. Dort grasten Pferde mit bunten Bändern und langen Mähnen. Gewehre, Stangen mit bunten Fähnchen und andere Sachen lehnten an den Bäumen. Überall brannten kleine Feuer. Männer mit großen Fellmützen, die Lederjacken mit langen, bunten Fransen und hohe Stiefel trugen, standen in Gruppen zusammen, lagen auf dem Rasen und hockten an den Feuern. Ein Regiment Kosaken war in die Stadt gekommen.

Dicht vor mir saßen drei Kosaken an einer Feuerstelle, die sie zwischen zwei Backsteinen angelegt hatten. In der Glut lag ein runder Erdkloß. Mit einem Stock rollte einer der Kosaken den Kloß aus der Glut. Das war bestimmt etwas zu essen. Ich drückte mein Gesicht weiter durch die Holzlatten. Der Soldat nahm einen Stein und schlug damit auf den Erdklumpen, bis der auseinanderbrach. Mit einem Stock und einem langen Messer holten die beiden anderen das Innere aus dem Erdklumpen. Der erste nahm es in die Hand, stieß einen Ruf aus und warf es ein paar mal von einer Hand in die andere.

Dann legte er es schnell auf die Erde, putzte mit der Hand die Asche ab und schnitt es mit seinem Messer genau in der Mitte auseinander. Ich roch den Duft von frischem Brot. Die haben schönes, frisches Brot zu essen. Mir lief das Wasser im Mund zusammen. Ob sie mich bemerken und mir etwas abgeben? Die drei lachten, schnupperten an dem Brot, nahmen ihre hohen Fellmützen ab und setzten sich um die Feuerstelle. Mich schienen sie nicht zu bemerken.

An den anderen Feuerstellen holten die Kosaken auch Erdklumpen aus der Glut. „Die haben einen Igel gebacken," rief ein Junge in meiner Nähe. Die Soldaten klopften gerade die Erde ab. Die Stacheln waren gut zu erkennen. Da rief ich hungrig bittend durch den Zaun: „PAN SKLEB! PAN SKLEB!" Die drei Soldaten vor mir sahen auf und drehten ihre Köpfe in meine Richtung. Dann sahen sie sich untereinander an und nickten sich zu. Der erste Soldat nahm das Brot, griff das Messer vom Stein und begann ein Stück abzuschneiden. In diesem Moment ertönten Rufe, ein Reiter kam in wildem Ritt direkt auf den Zaun zu und schwenkte dabei einen langen Stock mit bunten Bändern. Ich fuhr erschrocken zurück. Direkt am Zaun hielt er an, zerrte an den Riemen und rief uns Kindern auf der anderen Seite des Zauns etwas zu. Es war klar: Wir sollten verschwinden. Ich begegnete einen Moment den Augen des Soldaten mit dem Brot und sah, wie er mit den Schultern zuckte, dann rannten wir alle davon. Abhauen war immer das Beste, bevor es brenzlig wurde. Man wusste nie, was passieren würde.

Ich wollte nach Hause. Die Bilder von dem Kosakenlager schwirrten mir durch den Kopf: die vielen Pferde, die bunten Wimpel, die Kosaken mit den großen Fellmützen, die Feuerstellen und der Geruch des frischen Brotes. Seltsame Geräusche rissen mich aus meinen Gedanken. Je näher ich der Hauptstraße kam, desto lauter wurde dieses Dröhnen und Schaben und Gemurmel. Ich lief eng an den Hauswänden entlang, angespannt beobachtend und jeden Moment bereit, mich zu verstecken.

Als ich um die Hausecke in die Straße einbog, die direkt auf die Hauptstraße führte, blieb ich überrascht und erschrocken stehen. Auf der Hauptstraße bewegte sich eine Menschenmasse gleichförmig in eine Richtung. Was war das? Keine Militärfahrzeuge, nur Menschen ohne Unterbrechung schoben sich an meinem Blickfeld vorbei. Ich lief aufgeregt dichter heran. Am Straßenrand standen Frauen, die sonst nie zu sehen waren. Sie winkten und riefen den Menschen etwas zu. Jetzt konnte ich die Menschen erkennen. Es waren alles Männer, die nebeneinander eine Reihe hinter der anderen von einer Straßenseite bis zur anderen dort entlang gingen. Sie hatten alle Soldatenuniformen an, die zum Teil aufgerissen waren, einige hatten Mützen mit Schirmen auf dem Kopf. Nur wenige winkten hin und wieder den Frauen zu. Die meisten ließen die Köpfe und die Arme hängen. Und als ich die russischen Soldaten mit den Gewehren in den Händen, die an beiden Seiten des Zuges marschierten, bemerkte, da war mir plötzlich klar: Das sind deutsche Kriegsgefangene.

Ich starrte gebannt auf den Zug. Ich sah nach links, ich sah nach rechts die Straße entlang: Der Zug nahm kein Ende. Es war ein trauriger Zug. Das ist der Krieg. „Wo kommt ihr her?" Eine Frau lief neben dem Zug her. „Wer kennt Alfred..?" Ich konnte den Nachnamen nicht mehr verstehen.

Vater 1943 auf Urlaub

Plötzlich durchfuhr mich ein Gedanke: „Ob mein Vater auch dabei ist? Er ist doch auch im Krieg?" Ich versuchte jeden Gefangenen genau anzusehen. Aber wie sah mein Vater eigentlich aus? Ich konnte mich kaum an ihn erinnern. Mutter hat immer von ihm erzählt und jeden Abend beteten wir, dass er wieder kommen sollte. Und wenn er jetzt dabei wäre, er könnte ja nicht weg. Die Wachen würden ihn nicht weglassen. Wo bringen sie die Gefangenen hin? Ich fing an zu weinen und rannte weg.

Mutter ist weg

An diesem Nachmittag hatte ich mit einigen anderen Kindern eine Kelle Erbsensuppe von russischen Soldaten bekommen. Sie hatten oben am Marktplatz in einem großen Kessel Suppe gekocht. Plötzlich winkte einer der Soldaten uns Kinder heran, füllte sein Kochgeschirr aus dem großen Kessel und gab es mir mit einem Löffel in die Hand. Wir hockten uns auf die Erde und aßen immer abwechselnd. Ein paar gelbe Erbsen schwammen in der Suppe. Das war schön. Das Kochgeschirr war schnell leer. Ich gab es dem Soldaten zurück. Ob er es noch einmal voll macht? Aber da kamen schon andere Soldaten und unser Freund zeigte, dass wir abhauen sollten. Von diesem Essen konnte ich nichts mit nach Hause nehmen - schade. Aber Mutter würde sich freuen, dass ich etwas zu essen hatte.

Als ich vorsichtig wie immer in die Wohnung kam, merkte ich sofort, dass etwas nicht stimmte. Auf dem Fußboden vor dem Holzstuhl stand die Schüssel, in der Mutter immer ihre offenen Beine badete. Aber Mutter war nicht da. Wo war Ammama? Wo war Elke? Ich lauschte. Aus dem Nebenraum hörte ich Laute. Das war Ammamas Stimme. Sie beruhigte Elke. Als ich die Tür aufmachte, zog sie mich sofort an sich und weinte. „Sie haben Mutter abgeholt! Sie haben Mutter mitgenommen!" Erst nach einer Weile konnte sie erzählen: „Mutter hat gerade ihre Beine gebadet. Da standen plötzlich zwei russische Soldaten in der Tür. „Du, RABOTTI" haben sie gesagt. Mutter hat auf ihre kranken Beine gezeigt. Aber sie haben nur mit den Gewehren gedroht und immer gesagt: „DAWEI, DAWEI!" Mutter konnte noch ihre Strümpfe und Schuhe anziehen, dann musste sie mit. Ich weiß nicht wohin."

Wir weinten. Jetzt waren wir allein. Ammama kümmerte sich um Elke. Sie betete viel mit mir. Wir beteten jetzt nicht nur, dass Vater wiederkomme sollte, sondern zuerst natürlich für Mutter. „Das ist die Strafe für diesen Krieg," sagte Ammama oft. „Sind wir denn daran Schuld?!" fragte ich.

Ich ging jeden Tag los, um etwas zu essen zu organisieren. Manchmal fand ich etwas in den Trümmern, manchmal bekam ich einen Brotrest von einem Soldaten. Aber immer wenn ich fragte: „PAN SKLEB", dann kam zuerst die Gegenfrage: „TOBAKKO?" So vergingen die Tage. Das Leben ging weiter.

Eines Abends - es waren noch keine zwei Wochen seit

Mutter weg war - da klopfte es an der Tür. Es war kein herrisches sondern ein vorsichtiges Klopfen. Ammama und ich sahen uns an. Dann sprang ich auf, rannte zur Tür, stieß den Stock unter der Klinke weg, riss die Tür auf und lag in den Armen meiner Mutter. Sie war wieder da. Ich schrie und weinte vor Freude und Anspannung. Sie ließ mich los, stützte ihre Hände auf meine Schultern, ging ein paar Schritte ins Zimmer und sackte dann plötzlich zusammen und fiel auf den Boden.

Während Ammama eine Schüssel mit Wasser holte, sah ich meine Mutter an. Ihre schwarzen Haare hingen strähnig herunter, Tränen liefen über ihr bleiches Gesicht, ihr Kleid war an den Ärmeln zerrissen und ganz rot verschmiert. Jetzt öffnete sie wieder die Augen. „Ich hab euch wieder, Gott sei dank. Ich hab euch wieder." Ammama wusch ihr das Gesicht und gab ihr zu trinken. Mutter setzte sich auf das Bett und nahm Elke in den Arm. Wir waren wieder alle zusammen. Dann streckte sie sich aus und schlief gleich ein. Ich deckte sie zu, blieb an ihrem Bett sitzen und sah sie an. Was war passiert? Wo war sie so lange gewesen? Warum sah sie so krank aus und so schmutzig? Ich schlief auch ein.

Am nächsten Morgen erzählte uns Mutter alles:
„Die Soldaten haben mich zuerst zum Bahnhof ge-

bracht. Da waren schon 12 andere Frauen hier aus unserer Stadt. Ich kannte sie alle. Sie waren genau so abgeholt worden wie ich. Ein Soldat, es war wohl ein Offizier, der etwas deutsch konnte, erklärte uns, wir würden alle gebraucht, um einen Flugplatz zu bauen. Es kämen noch mehr Frauen dazu. Wir sollten jetzt für die Russen arbeiten, weil die Deutschen Russland zerstört und viele Millionen Menschen umgebracht hätten. Wir sollten froh sein, dass wir arbeiten dürften. Eigentlich hätten alle Deutschen den Tod verdient. Aber wir sollten arbeiten und bekämen auch zu essen."

„Hat Vater auch andere Menschen umgebracht und Russland zerstört?" „Vater ist doch nicht in Russland", erklärte Ammama. „Aber Hitler wollte ganz Russland erobern. Das ist jetzt die Strafe." Ich erinnerte mich, was Mutter immer auf meine Frage gesagt hatte: „Vater ist ja im Krieg in Goch im Westen." „Hat Vater im Westen auch Menschen umgebracht?" „Alle Soldaten haben Menschen umgebracht." Meine Mutter nahm mich in den Arm. Ich drückte mich an sie.
„Ich will kein Soldat sein!"

„Aber dich haben die russischen Soldaten nicht umgebracht." „Nein, ich lebe noch. Aber die anderen Frauen. Es war so grauenvoll. Ich bin so froh, dass ich wieder bei euch bin." Ich spürte, wie Mutter anfing zu zittern und wie sie weinte. Ich drückte mich fester an sie. Ammama gab ihr die Tasse mit dem heißen Tee. Mutter trank und erzählte weiter.

„Dann mussten wir zu dritt antreten und losmarschieren. Drei bewaffnete Soldaten bewachten uns. Zwei marschierten neben uns und einer saß auf einem kleinen Wagen, vor den ein Pferd gespannt war. Am Abend kamen wir an ein Dorf. In einer Scheune mussten wir übernachten. Am nächsten Tag kam noch eine Gruppe Frauen dazu. Die hatten sie in verschiedenen Dörfern gefangen genommen, einfach weg von ihren Kindern. Die Soldaten haben uns nichts getan. Wir konnten uns am Brunnen waschen und haben auch etwas zu essen bekommen. Dann mussten wir weiter marschieren. Auf dem Marsch haben wir uns alle unsere Geschichten erzählt: Von unseren Kindern und von unseren Männern, die alle im Krieg sind. Zwei Frauen wussten schon, dass ihre Männer tot waren.

Die Soldaten wechselten sich immer auf dem Pferdewagen ab. Wir mussten den ganzen Tag laufen. Am Abend übernachteten wir wieder in einer Scheune auf einem Bauernhof. Ich schlief sofort ein. Meine Beine taten so weh. Am nächsten Tag ging es früh weiter. Aber auf dem Bauernhof waren noch Kühe. Wir durften uns Milch holen. Als ich die Milch trank, musste ich so sehr weinen, weil ich an Elke und an euch dachte.

Wir marschierten auf der Landstraße. An der Seite standen Obstbäume, aber der Schatten reichte nicht bis zu uns. Die Sonne wurde immer heißer. Gegen Mittag hörten wir das ratternde Geräusch eines Flugzeuges. Es kam auf uns zugeflogen. Wir sahen alle nach oben. Und plötzlich fingen wir alle an zu rufen und zu winken. Es war ein deutsches Flugzeug. Wir konnten die Hakenkreuze an den Tragflächen genau erkennen. Wir konnten sogar den Piloten sehen. Das Flugzeug raste über uns hinweg. Wir blieben winkend stehen, drehten uns um und sahen dem kleiner werdenden Flugzeug nach. Dann nahmen wir langsam und enttäuscht die Arme wieder herunter. Und da sah ich, dass unsere Bewacher verschwunden waren.

Ich rief: „Die Russen sind weg!" In diesem Moment nahm der Motorenlärm wieder zu. Das Flugzeug hatte gedreht und kam wieder auf uns zu. Wir schrien vor Freude alle durcheinander, sprangen hoch und winkten. Das Flugzeug ging in den Sturzflug, und da sah ich das Mündungsfeuer, hörte die Geschosse und ließ mich zur Seite fallen. Dann war das Flugzeug vorüber.

Ich spürte einen Körper auf meinem Bauch und meinen Beinen. Schmerzensschreie und Stöhnen. Ich sah hoch. Da rannten einige Frauen in verschiedene Richtungen über die Felder und in die Büsche. Mehrere Frauen lagen auf der Straße. Auf mir lag eine Frau. Sie rührte sich nicht. Ich setzte mich auf und schob sie dabei etwas zur Seite. Sie stöhnte. Aus ihrem Mund floss Blut. Ich legte ihren Kopf zur Seite und kniete mich neben sie. Ihre Bluse und ihr Rock waren auch voller Blut. Sie schlug die Augen auf und sah mich einen Moment lang an. Sie versuchte zu sprechen. Aber es kam kein Wort mehr heraus. Dann fiel ihr Kopf ganz zur Seite. Sie war tot. Sie hatte mir unterwegs von ihren Eltern und ihrem Dorf erzählt. Sie war verlobt. Aber sie wusste nicht, ob ihr Verlobter noch lebt. Sie hatte schon 9 Monate nichts von ihm gehört. Jetzt ist sie tot von einem deutschen Flugzeug. Warum hat der das getan! Warum hat der das getan?" Mutter zitterte wieder am ganzen Körper, und sie weinte so sehr, dass wir auch alle weinen mussten.

Ich versuchte, Mutter zu trösten: „Jetzt lassen wir dich nie wieder weg." „Ach, ist das schrecklich. Dieser furchtbare Krieg." Ammama weinte auch. Mutter wischte sich die Tränen. „Ich wusste nicht, was ich machen sollte. Ich wollte nur weg, zurück zu euch. Das war alles, was ich denken konnte. Als ich aufstand, rief

eine Frau meinen Namen und kam auf mich zu ge-
wankt. Sie hatte einen Schuss in den Oberarm bekommen. Alles war voller Blut. Mit einem Stück von meinem Kleid habe ich ihr den Arm abgebunden. Wir hatten Angst. Kommt das Flugzeug wieder? Kommen die
Russen zurück? Mitten auf der Straße lagen noch fünf
Frauen seltsam verrenkt durcheinander. Sie rührten sich
nicht.

Wir rannten weg über das Feld in einen Wald. Dort haben wir uns versteckt. Erst als es dunkel wurde, sind wir
weiter. Im nächsten Dorf ist die Frau geblieben. Ich bin
immer nur in der Nacht weiter gelaufen. Jetzt bin ich
wieder bei euch!"

Meine erste Zigarette

TOBAKKO: Das war ein Zauberwort. Immer wollten die Russen TOBAKKO haben, wenn ich sie anbettelte. Anscheinend hätten sie mir dafür alles gegeben, was sie sonst hatten. Ich sah oft, wie sich ein Russe eine Zigarette machte. Er hatte etwas Tabak und rollte den in ein Stück Zeitungspapier. Manche hatten auch Zigaretten aus einer Schachtel. Aber das waren meistens nur Offiziere. Den letzten Rest der Zigarette warfen sie weg.

Also sammelte ich jetzt Zigarettenkippen. Aber das taten die Soldaten auch. Ich hatte eine kleine, runde Blechdose so hoch wie meine Hand. Da kam der Tabak hinein. Aber ich fand nur ganz selten eine Kippe. Dann machte ich das Papier ab, ließ die Krümel in die Dose fallen und machte sie mit einem Deckel zu. Der Tabak roch sehr stark. Ammama sagte, das ist MACHORKA. Aber leider konnte mir Ammama keinen Tabak geben. In unserer Wohnung war nichts zu finden. Ich musste weiter Kippen sammeln. Wenn die Dose halb voll ist, dann wollte ich damit in die Bäckerei gehen.

Eines Tages war ich mit Mutter unterwegs. Wir gingen zu den Gärten am Rande der Stadt in der Nähe vom

See. Da waren wir oft hingegangen, bevor der Krieg zu uns gekommen ist, weil dort Tante Gerda und Wolfhard wohnten. Tante Gerda war eine Freundin meiner Mutter und Wolfhard war ihr Sohn. Der war etwas älter als ich und hatte einen Tretroller. Damit sind wir oft gefahren. Aber Tante Gerda und Wolfhard sind ein paar Tage bevor die Russen kamen mit dem Zug abgehauen. Jetzt wollten wir sehen, ob wir dort etwas Essbares finden würden.

Von weitem sahen wir, dass Menschen in Tante Gerdas Haus waren. Wir gingen lieber nicht hin. Wir gingen in die Gärten auf der anderen Straßenseite vom See. An einer Stelle zog Mutter Mohrrüben aus der Erde. Ich sah auf der Erde unter einem großen Baum viele schöne, braune Blätter liegen. Ich hob eines auf. Es war ganz trocken. Ich riss es in kleine Stücke. Jetzt sah es genau so aus wie mein Tabak in der Dose. Ich war ganz aufgeregt. Ein Blatt nach dem anderen hob ich vorsichtig auf, machte es sauber und legte es genau über die anderen. Bald hatte ich einen ganzen Stapel schöner, brauner "Tabakblätter" in der Hand.

Am Abend holte ich meine Dose heraus, nahm ein großes Messer, setzte mich allein an den Tisch in der Küche und schnitt immer einen Packen von fünf Blättern in feine, gleichmäßige Streifen. Diesen "Feinschnitt" lockerte ich mit den Fingern auf und tat ihn in die Dose zu dem MACHORKA und mischte alles ganz vorsichtig. Immer wieder roch ich an der Dose. Jetzt war der Geruch nicht mehr so stark. Als die Dose schon etwas über halbvoll war, hörte ich auf. Das hatte lange gedauert. Aber am nächsten Tag würde ich dafür bestimmt ein ganzes Brot von dem Soldaten in der Bäckerei bekommen. Wenn ich PAN SKLEB sagen würde und er wieder TOBAKKO, dann würde ich ihm die Dose mit dem Tabak hinhalten. Ich konnte es kaum erwarten.

Als ich am nächsten Morgen auf die Straße kam, wartete Willi schon draußen. Ich zeigte ihm gleich meinen Schatz. Wir liefen zusammen zur Bäckerei. Erst kurz vorher hielten wir, um zu verschnaufen. Wir beobachteten das Haus. Gerade gingen zwei Soldaten mit einem leeren Korb hinein. Wir warteten.

„Es ist besser, wenn sonst keiner im Laden ist. Sonst darf er uns ja nichts geben." Die beiden Soldaten kamen jetzt wieder heraus. Ihr Korb war voll mit Broten. Wir gingen hinein. Der Soldat stand am Fenster. „PAN SKLEB", sprach ich ihn an. Er drehte sich zu uns um und fing gleich an zu schimpfen. „DAWEI, weg!" Jetzt hatte er doch nicht nach TOBAKKO gefragt. Willi wollte weglaufen. Aber ich machte meine Dose auf, hielt sie dem Mann entgegen und sagte: „TOBAKKO." Er hörte auf zu schimpfen, nahm mir die Dose aus der Hand und roch daran. Ich beobachtete genau sein Gesicht. Es wurde immer freundlicher, je mehr er an der Dose roch. Und er tat es immer wieder. Dann sagte er: „TOBAKKO DOBSCHE, DOBSCHE." „PAN SKLEB," wiederholte ich meine Bitte. „DOBSCHE, DOBSCHE," sagte er und ging zu dem Korb mit den Broten. Er nahm ein Brot heraus und gab es mir. Willi stand jetzt neben mir und sah ihn an. „DAWEI, DA-WEI," sagte er und zeigte zum Ausgang. Draußen hielt gerade ein Auto. Ich hielt das Brot fest im Arm, und wir rannten los.

Am Marktplatz hielten wir an. „Gibst du mir etwas ab?" fragte Willi. Ich sah Willi an und dann das Brot. Es war ein ganzes Brot - und Willi hatte auch Hunger. Ich nickte. Willi holte sein Taschenmesser heraus. Ich hielt ihm das Brot hin. „So?" fragte er und hielt das Messer auf das Brot. Das war noch lange nicht die Hälfte, wo Willi das Messer angesetzt hatte. Ich nickte. Willi schnitt das Brot durch. Er lachte, nahm das Stück und biss gleich hinein. Ich lachte auch - erleichtert - und biss mir auch ein Stück ab. Das schmeckte gut. „Ich geh nach Hause." „Ich auch!" rief Willi und rannte los.

Wir hatten gut gegessen: Mutter, Ammama und auch meine kleine Schwester Elke und ich natürlich auch.

Am Nachmittag ging ich wieder los. Es war ein schöner, warmer Sonnentag. Die ausgebrannten Häuser, die Trümmer - das war mein Reich. Ich kannte jede Ecke. Jetzt war ich wieder am Marktplatz. In diesen Trümmern hatten mir die Soldaten den verbrannten Zucker gezeigt. Da brauchte ich nicht mehr reinzuklettern. Da war schon lange nichts mehr von da. Den Zucker hatten andere auch entdeckt. An unserem Haus blieb ich stehen. Da wurde ich immer so komisch traurig. Jetzt konnte ich durch die Trümmer von unserem Laden bis in den Hof sehen. Ob Hitler immer noch im Aschenkasten lag? Ich ging weiter. Ich dachte an den Soldaten in der Bäckerei. Ob er mir noch ein Brot geben würde? Ich wollte es versuchen.

Die Bäckerei war das erste nicht verbrannte Haus an der Hauptstraße. Es stand auf der linken Seite an der Ecke zu einer Seitenstraße. Ich ging auf der rechten Straßenseite. Jetzt konnte ich die Hausseite einsehen, die zur Seitenstraße zeigte. Dort war ein Fenster von der Backstube. Das Fenster war offen. Der Soldat hatte seine Ellbogen auf das Fensterbrett gestützt, die Schirmmütze gegen die Sonne tief in die Stirn geschoben und sah auf die Straße. Ich freute mich. Er war also da und anscheinend allein. Da sah er in meine Richtung. Ich winkte.

Plötzlich richtete er sich auf, fuchtelte mit den Armen in der Luft herum und fing an zu schreien:

„TOBAKKO MIST! TOBAKKO MIST!"

Er schob seine Mütze nach hinten und holte mit der Rechten eine Pistole hervor, zielte auf mich und schoss. Die Kugel pfiff an meinem Kopf vorbei und knallte gegen die Reste der Hauswand hinter mir. Und schon lag ich hinter der Trümmerwand in dem ausgebrannten Gebäude. Ich weiß nicht, wie ich es so schnell gemacht habe. Das Schimpfen ging weiter und auch das Schießen. Die Kugeln prallten von den Mauerresten ab und flogen als gefährliche Querschläger weiter.

Todesangst kroch in mir hoch. Ich rutschte langgestreckt auf dem Boden nach hinten durch die Trümmer. Bloß weg aus der Reichweite der Schüsse. Auf der anderen Seite war eine Mauerlücke bis auf den Boden. Da kroch ich durch und befand mich auf einem Trümmerhof. Ich lauschte. Aber mein Herz schlug so laut im Hals, dass ich zuerst nichts anderes hörte. Ich blieb liegen und versuchte ruhiger zu atmen. Sonst war alles still.

Ich hob den Kopf und sah zurück. Von hier aus konnte ich die Bäckerei nicht mehr sehen, auch die Straße nicht. Ich versuchte, mich an einem verkohlten Balken hochzuziehen. Als ich mich gerade ganz aufrichten wollte, gab der Balken nach, es knirschte über mir. Ich ließ mich zur Seite fallen. Und da rutschte und krachte eine ganze Ladung Steine, Sand und Geröll herunter und der Balken kippte um. Ich sprang voller Entsetzen auf und rannte einfach durch die Trümmer davon bis ich an unserem Haus war.

Ich hämmerte laut an die Tür. Meine Mutter nahm mich in die Arme. Ich zitterte. Tränen und Schweiß liefen über mein Gesicht. „Er hat auf mich geschossen! Er hat auf mich geschossen!" stammelte ich. „Die Mauern sind eingestürzt!" Meine Mutter hockte sich neben mich, wischte mir den Schweiß und die Tränen ab und tröstete mich. „Du bist ja jetzt bei mir. Du brauchst keine Angst mehr zu haben."

Erst langsam konnte ich ihr alles erzählen. Sie drückte mich immer wieder an sich. „Vielleicht ist die Zigarette mit deinem Tabak in einer Stichflamme verbrannt. Die Blätter, die du da hattest, das waren doch Eichenblätter. Und die brennen. Da hat er sicher gedacht, das wäre ein

Attentat von Partisanen." Sie sah mich eindringlich an:

„Du darfst dich da nie wieder sehen lassen." Das hatte ich auch nicht vor. Und mit Zigaretten wollte ich auch nichts mehr zu tun haben. Die sind mir zu lebensgefähr-lich.

Die Hitlerjungen

„Sie haben alle unsere Jungs abgeholt. Sie wollen sie erschießen. Alle, die bei der Hitlerjugend waren. Was sollen wir nur machen?" Die Frau saß neben meiner Mutter auf der Couch und weinte. Dann sprang sie auf und rannte im Zimmer hin und her. „Sie werden meinen Wolfgang erschießen. Die Jungen haben doch mit dem Volkssturm elf Panzer abgeschossen als die Russen kamen." „Die Idioten von der SA, warum haben die bloß den Jungs die Panzerfäuste gegeben. Dann hätten die Russen auch die Stadt nicht angesteckt. Diese 150-prozentigen Idioten!" Meine Mutter umarmte die Frau. „Wo sind die Jungs jetzt?" „Sie haben sie auf die Kommandantur gebracht. Kommst du mit?"

Meine Mutter hakte die Frau unter und nahm mich an der anderen Seite an die Hand. Als wir an der Post vorbei waren, sah ich viele Frauen mit ihren Kindern. Frauen, die ich sonst nie auf der Straße gesehen habe. Wir kamen nicht weiter. Soldaten hatten die Straße abgeriegelt. Aber wir konnten auf das Haus sehen, über dessen Eingang ein Schild mit einem Adler hing. Davor standen sonst immer zwei Soldaten mit einem Gewehr in der Hand Wache. Jetzt kam ein Offizier heraus. Hinter ihm gingen drei andere Soldaten, dann kamen acht Jungen und noch drei Soldaten. Die Frauen schrien und weinten und riefen die Namen der Jungen.

Neben mir stand ein ganz alter Mann. „Das ist ein Erschießungskommando. Sie haben sie zum Tod verurteilt." Ich starrte auf die Soldaten und die Jungen, die jetzt alle angetreten waren. In meinem Kopf sah ich das Bild von dem ausgebrannten Panzer vor der Apotheke am Marktplatz und hörte Ammama erzählen, dass zwei Hitlerjungen den Panzer abgeschossen, und als die Besatzung herausspringen wollte, diese getötet hätten.

Ein russisches Kommando übertönte das Weinen und Schreien der Mütter. Die Soldaten marschierten mit den Jungen los. Wir konnten nicht hinterher, weil die Soldaten, die die Straße absperrten, jetzt mit ihren Gewehren auf uns zielten und uns zurückdrängten. „Sie bringen sie zum Sportplatz hinten am See", hörte ich den Alten sagen. Meine Mutter hielt die Frau immer noch im Arm und redete auf sie ein. Viele Frauen weinten und hielten sich gegenseitig fest.

Da sah ich Willi. Er stand hinter einem Baum an der Straße. Ich ließ die Hand meiner Mutter los und drängte mich durch die Leute. „Kommst du mit?" fragte er. Ich nickte. Wir schlichen über den Marktplatz zum See und setzten uns auf den kleinen Bootssteg. Wir sahen stumm über den See in Richtung der Badeanstalt. Dahinter lag der Sportplatz. Wir sagten gar nichts. Willi hatte seine Zwille herausgeholt und schoss die Zähne aus dem Kaufhaus flach über das Wasser. Manchmal sprang so ein Zahn zweimal auf, ehe er im See versank.

Ich war einmal neben den Hitlerjungen hergelaufen, als sie durch die Stadt marschierten. Vorne marschierten einige Jungen mit Trommeln. Alle Jungen hatten die gleichen Sachen an und trugen Fahnen mit dem Haken-kreuz, so wie die, auf die ich bei der Einschulung mit der Hand zeigen sollte.

Da zerriss der Schall einer Gewehrsalve die Stille. Wir zuckten zusammen und sahen über den See. Und dann gleich noch eine Salve von Schüssen. „Jetzt haben sie sie erschossen", sagte Willi. Er stand auf. „Wo willst du hin?" „Ich weiß nicht." Wir gingen ziellos ein Stück am See entlang, dann an der Kirche vorbei, und dann stan-den wir an der Straße zum Sportplatz. „Sie kommen zurück!" Willi zog mich schnell hinter ein Gebüsch. Wir beobachteten die Straße. Da kamen die sechs Sol-daten, immer zwei nebeneinander, und an der Seite ging der Offizier. Sie marschierten an uns vorbei. Ihre Gesichter waren ganz ernst. Keiner sprach mit dem anderen. Ich sah sie mir genau an.

„Ich muss jetzt nach Hause", sagte Willi. Wir gingen noch ein Stück zusammen und trennten uns dann. Mir kam die Stadt irgendwie anders vor. Auch zu Hause war es anders. Über die Hitlerjungen redete keiner.

Und dann passierte etwas, das alles veränderte. Es war fast einen Monat nach diesem Geschehen. Ich hatte gerade Geburtstag gehabt. Da hatte Ammama irgendwo her ein Stück Kuchen organisiert. Es war ein Stück Streuselkuchen. Wir teilten den Kuchen in lauter kleine Stücke. Alle bekamen ein Stück - auch die Frau mit dem kleinen Mädchen, die mit in dem Haus wohnte, wo wir jetzt waren.

Ein paar Tage später - es war gegen Abend - kam die Frau, deren Jungen die Russen mitgenommen hatten, ganz aufgeregt zu uns herein. Sie lachte und weinte, fiel meiner Mutter um den Hals und stotterte: „Der Wolfgang ist wieder da! Der Wolfgang ist wieder da!" Ich starrte sie an. Meine Mutter packte sie mit beiden Händen an der Schulter. „Mach damit keine Scherze." „Wolfgang ist wieder da. Es ist ein Wunder. Ich muss es euch erzählen. Ich muss es jemandem erzählen." Sie war noch ganz außer sich. Sie setzte sich auf einen Stuhl an den Tisch. „Aber ihr dürft es niemandem verraten. Das müsst ihr versprechen, sonst holen sie ihn wieder. Und sie erschießen die Soldaten!" Ammama hatte Wasser und Tassen geholt. Ich stand am Stuhl von meiner Mutter. Und dann erzählte die Frau.

Die Soldaten hatten die Jungen schweigend zum Sportplatz gebracht. Da mussten die Jungen einen Graben ausheben. Dann mussten sie sich vor dem Graben in einer Reihe aufstellen. Die Soldaten standen ihnen auch in einer Reihe gegenüber und hatten die Gewehre in den Händen. Die Jungen rückten immer dichter nebeneinander und fassten sich an die Hände. Der Offizier redete leise mit seinen Soldaten. Das konnten die Jungen nicht verstehen. Der Offizier stand mit dem Rücken zu ihnen. Sie sahen nur, wie die Soldaten etwas fragten, und dann einer nach dem anderen nickte. Dann drehte sich der Offizier um. Jetzt sahen sie, dass er noch etwas anderes als sein Gewehr in der Hand hatte. Es sah aus wie eine Karte. Er gab das Gewehr einem der Soldaten, kam auf die Jungen zu und sah jeden einzelnen an. Dann hob er die Karte und drehte sie ihnen zu.

Es war ein Foto. „Meine Familie", sagte der Offizier. „Meine Kinder", dabei zeigte er auf die zwei Jungen und das kleine Mädchen. Er zeigte auf die Soldaten hinter sich: „Alle haben Kinder, Kinder wie ihr." Die Jungen starrten ihn an. Sie wussten nicht, was kommen würde. „Jetzt ihr zumachen." Er deutete auf den Graben und die heraus geschaufelte Erde. „Dann wir schießen zweimal und ihr weg, DAWEI. Und ihr nicht wiederkommen! Ihr nicht wiederkommen, sonst wir alle..," er machte eine unmissverständliche Handbewegung. Die Jungen hatten verstanden.

Sie schaufelten den Graben wieder zu. Keiner sagte ein Wort. Dann stellten sie sich vor den gefüllten Graben. Der Offizier gab ein Kommando, die Soldaten stellten sich auf, legten an, und auf Befehl schossen sie über die Köpfe der Jungen in die Luft. Und dann noch einmal. Die Jungen wollten ihre Freude herausschreien, aber der Offizier bedeutete ihnen, ruhig zu sein und stehen zu bleiben. Dann kam er mit den Soldaten dicht an die Jungen heran. „Ihr nicht wiederkommen, sonst..!" Er sah sie eindringlich an. „Und jetzt: DAWEI, DAWEI!"

Sie rannten los. Sie lebten. Sie rannten, bis sie nicht mehr konnten. Sie liefen vom Sportplatz über die Straße in den Wald. Dort haben sie sich versteckt. Aber sie hatten nichts zu essen. Im Mai, da gibt es nicht viel zu essen im Wald. Schließlich haben sie es vor Hunger und

Heimweh nicht mehr ausgehalten und beschlossen, zurückzukommen.

„Ist das nicht ein Wunder?!" sagte Wolfgangs Mutter immer wieder. „Der Offizier und seine Soldaten sind sicher auch nicht mehr hier."

In den nächsten Tagen und Nächten sind auch die anderen Jungen zurückgekommen.

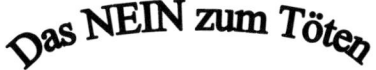

Das NEIN zum Töten ist der Anfang der Menschlichkeit

Vater ist wieder da,
und wir müssen alle weg.

Es war ein schöner Sonnentag, dieser 6. Juni. Ich war schon den ganzen Vormittag unterwegs. Irgend etwas stimmte nicht. Es war so ruhig. Auch am See waren keine Soldaten, die sich dort die Zeit vertrieben. So konnte ich auch niemanden anbetteln. Heute traf ich auch keine anderen Kinder. Ich ging wieder über den Marktplatz, kletterte durch die Trümmer von "meinem Zuhause" und ging dann zu unserer jetzigen Wohnung. Der Eingang von der Straße war von innen verrammelt. Ich ging immer über den tiefer liegenden Hof von der Hinterseite in das Haus. Auch auf dieser Straße war niemand zu sehen. Es war schon früher Nachmittag.

Als ich über den Flur an unsere Wohnzimmertür kam, blieb ich erschrocken stehen. Aus dem Wohnzimmer drang lautes Stimmengewirr. Ich lauschte. Viele Frauenstimmen waren zu hören. Was hatte das zu bedeuten? Aber es klang nicht gefährlich. Ich drückte die Klinke herunter, öffnete die Tür einen Spalt und sah in das Zimmer. Zehn oder zwölf Frauen, die meisten kannte ich, saßen und standen im Halbkreis um einen Mann. Er saß auf einem Stuhl mitten im Zimmer. Meine Mutter stand neben ihm und hatte einen Arm auf seiner Schulter liegen. Auf dem anderen Arm hatte sie meine kleine Schwester Elke. Der Mann hatte einen schwarzen, etwas kaputten Soldatenanzug an. „Wissen Sie etwas von meinem Mann? Er war zuletzt..." Doch da hatte meine Mutter mich entdeckt: „Hansel, komm her, schnell. Vati ist wieder da!" Sie nahm mich und stellte mich neben diesen Mann. Das war also Vater. Dafür hatten wir jeden Abend vor dem Bett gekniet und gebetet. Auf dem Bild sah er etwas anders aus. Aber nur etwas. Er war es. Er nahm mich in den Arm.

Da ging die Tür auf und ein Junge kam hereingestürzt: „Mutter, Mutter, komm schnell. Die Polen schmeißen uns alle raus!" Die Frauen sprangen auf, und im Nu waren alle weg. Wir waren mit Vater allein.

„Ich habe euch nichts mitbringen können." Vater zog zwei kleine Dosen aus der Tasche. „Das sind Fischkonserven." Er machte sie auf und gab jedem einen Happen. Ich starrte ihn nur an. Er war für mich wie ein Wunder. Wir hatten immer nur über ihn erzählt. Und jetzt war er da. Und jetzt mussten wir weg.

Da dröhnten Schläge an die Eingangstür von der Straße. „In zwei Stunden alle Deutschen raus! In zwei Stunden alle Deutschen raus!" rief eine Soldatenstimme durch die verrammelte Tür. Dann krachten noch ein paar Gewehrkolbenschläge gegen die Tür. Wir standen wie erstarrt.

„Egal, ob die Polen und Russen alle rausschmeißen. Ich wollte euch hier sowieso rausholen. Wir gehen nach Mehlem zu meiner Schwester und zu meinen Eltern." „Sind das Oma und Opa Duisburg?" „Ja, da gehen wir hin. Sie sind noch alle da. Ich war bei ihnen. Ich bin auf dem Weg nach Kriegsende bei ihnen vorbei gekommen. Jetzt packen wir alle Sachen zusammen." „Wieso haben sie dich nicht geschnappt und gefangen genommen?" „Ich habe mich versteckt. Und ich habe ein Papier. Aber wir müssen uns jetzt beeilen!"

Mutter holte den Kinderwagen und ich den Handwagen vom Hof. „Hier ist der Koffer mit den Papieren. Auch dein Meisterbrief ist darin." „Der Koffer kommt auf den Kinderwagen. Alles andere ist nicht so wichtig. Wer weiß, was wir überhaupt durchkriegen." Ammama schleppte alle Sachen an. Vater sortierte und packte kunstvoll den kleinen Handwagen. „Wir müssen ihn selbst ziehen. Bis nach Mehlem sind es 900 km." Mutter zog Elke neu an und setzte sie in den Kinderwagen. Elke weinte leise. Die Tränen liefen über ihr Gesicht.

Dabei sah sie uns mit großen Augen an.

„Es ist gleich sechs. Wir gehen, bevor sie uns mit Gewalt rauswerfen." Wir standen alle im Hausflur um die gepackten Wagen. Plötzlich fing Mutter laut zu weinen an und fiel Vater in die Arme. „Komm, wir gehen. Im Westen gibt es etwas zu essen. Da fangen wir neu an."

Bisher hatte ich immer nur vom Krieg im Westen oder vom Krieg im Osten gehört. Jetzt sagte Vater, dass es im Westen zu essen gibt. Vater nahm die Holzbalken von der Tür, und wir gingen das erste Mal durch die richtige Haustür auf die Straße. Mutter schob mit Ammama den Kinderwagen, und ich zog mit Vater den Handwagen. Die Straße war leer. Wir gingen zur Hauptstraße. Hier kannte ich jeden Stein, auch in den Trümmern.

Ich sah mich um. Da kamen hinter uns noch mehr Leute aus den nicht zerstörten Häusern. Als ob sie darauf gewartet hätten, dass einer den Anfang macht. Auf der Hauptstraße wurden es immer mehr. Manche trugen Rucksäcke, andere hatten Taschen und Koffer, und immer wieder Handwagen und Kinderwagen. Die Gruppen kamen immer enger zusammen. Bald war es ein einziger, langer Zug. Aber das sah anders aus, als damals die Hitlerjugend, neben der ich hergelaufen war, mit ihren Trommeln und Uniformen. Es sah auch anders aus als die schwarz gekleideten Menschen hinter dem von vier Pferden gezogenen offenen Wagen mit einem Sarg darauf, die zum Friedhof gingen. Wir gingen jetzt auch am Friedhof vorbei. Der Zug der Kriegsgefangenen mit den bewaffneten Soldaten an der Seite war auch anders. Da gab es nur Männer und keine Handwagen und keine Kinderwagen.

„Wieso sind Sie hier? Wissen Sie etwas von meinem Mann? Können Sie uns helfen, unser Handwagen ist kaputt." Immerzu wurde Vater angesprochen und weggeholt. Dann half mir Ammama den Wagen ziehen. „Jetzt ziehen wir weg, wie damals das Volk Israel." Das verstand ich nicht. Aber als ich mich umdrehte, sah ich die lange Menschenschlange. „Aber wo werden wir hingehen? Ich kann so lange nicht laufen." Mutter drehte sich um. „Wir wollen bei meiner Freundin Trudchen übernachten. Du weißt, sie hatten einen Bauernhof. Vielleicht ist sie noch da. In zwei Stunden müssten wir da sein."

Es war schon dunkel, als wir auf dem Hof ankamen. Mutters Freundin war tatsächlich da. Überall wurden Schlafplätze eingerichtet: In den Scheunen und sogar auf dem Hof. An zwei Brunnentrögen konnten wir trinken und uns waschen. Wir hatten ein Lager aus Stroh in der Scheune. Neben uns stand der Handwagen und der Kinderwagen. Vater lief hin und her und half den Leuten, das Stroh auszubreiten und andere Sachen. Da kam Mutters Freundin mit einer Laterne. Sie holte Mutter mit Elke ins Haus. Ich blieb mit Ammama bei unseren Sachen. Wir waren so müde. Als Vater sich endlich auch zu uns legte, schlief ich sofort ein.

Vater wird verhaftet
und kommt wieder frei

Endlich hatten wir nach langem Marsch Soldin erreicht. Wir hatten heute oft anhalten müssen, weil Ammama nicht mehr konnte. Und ich wusste genau, wie sehr Mutter ihre kaputten Beine wehtaten. Aber sie sagte nichts. Sie schob mit mir zusammen den Kinderwagen. Vater hatte Ammama mit an den Handwagen genommen, um ihr zu helfen. Sie gingen hinter uns, damit Vater nicht als erster gesehen wurde.

"Hier sind die Häuser ja noch ganz!?" wunderte ich mich, als wir durch die leeren Straßen zu Oma Soldins Haus liefen. Das Haus stand noch. Und Oma Soldin, meine Urgroßmutter, war wirklich da. Sie nahm mich in den Arm: „Ach Hanseken, ihr lebt noch. Dat ick euch noch mal wiedersehe!" Oma Soldin lebte ganz allein in ihrer Wohnung, obwohl sie doch schon so alt war, neunzig Jahre.

Es war wie früher, als wir mit der Eisenbahn bei ihr zu Besuch waren. Nur jetzt waren wir gelaufen. Ich schlief wie immer in dem großen Bett in dem Zimmer mit den dunklen Plüschvorhängen. Auch die große Wanduhr tickte noch im gleichen Rhythmus. Aber am Morgen weckte mich meine Mutter. Sonst wurde ich hier immer ganz früh von dem Motorengebrumm der Lastwagen von dem Fuhrgeschäft in der Seitenstraße wach. Doch die fuhren jetzt nicht mehr. Dann packten wir wieder unsere Sachen.

Plötzlich standen zwei fremde Männer im Zimmer. Sie stellten sich vor meinen Vater, und sie sprachen deutsch: „Wer sind Sie? Wo kommen Sie her? Sie müssen mit zur Kommandantur kommen!" Meine Mutter fing an zu weinen und wollte Vater festhalten. „Habt keine Angst. Ich bin bald wieder zurück!" Die Männer führten Vater ab und machten die Tür zu. „Kommt Vater wieder?" Ich sah hilflos von meiner Urgroßmutter, zu meiner Großmutter und zu meiner Mutter. „Die nehmen doch alle deutschen Männer gefangen, weil alle Soldaten sind", sagte Ammama. „Und dann kommen sie als Kriegsgefangene nach Sibirien." Oma Soldin fing auch an zu weinen. Meine Mutter ging mit Elke auf dem Arm im Zimmer hin und her. Ich wusste nicht, was ich machen sollte.

Etwa eine halbe Stunde später stand Vater plötzlich wieder in der Tür. Er war allein. Meine Mutter fiel ihm mit einem Freudenschrei um den Hals. Ich fasste seine

Hand und hielt ihn fest. Er sollte bei uns bleiben. Ammama und Oma Soldin hörten nicht wieder auf mit Fragen. Ich beobachtete alles. So viel habe ich verstanden: Vater hatte ein Papier, das von einem englischen Offizier geschrieben war. Darin stand, dass er seine Familie aus Berlinchen nach Mehlem am Rhein holen darf. Er hatte es sich von dem Offizier aufschreiben lassen. „Ich war mit ein paar Männern aus meiner Kompanie in einem Haus in der Nähe vom Obersalzberg. Die englischen Soldaten hatten plötzlich mit ihren Waffen in der Tür gestanden und gesagt: „Der Krieg ist aus. Hitler ist tot. Ihr könnt jetzt nach Hause gehen." Da habe ich mir das Papier schreiben lassen." Und darum war er jetzt wieder bei uns.

„Das Papier haben sie mir wiedergegeben." Er zeigte es uns. „Aber alles andere - auch meine Uhr - ist weg. Wir müssen so schnell wie möglich weiter. Noch einmal wird das nicht gut gehen." Oma Soldin war ganz erschrocken. Ich sehe immer noch, wie sie uns ansah und höre, wie sie sagte: „Wat soll ick jetz bloß machen. Ick seh euch nie wieder. Dann will ick jetzt man sterben." Ammama ist bei ihr geblieben. Sie konnte ja nicht mehr laufen. Sie ist zwei Jahre später nachgekommen. Aber Oma Soldin ist vierzehn Tage nach unserem Abschied gestorben.

Im Güterwaggon über die Oder nach Berlin

Mit dem Kinderwagen und dem Handwagen sind wir zum Bahnhof in Soldin gezogen. Da lagen umgekippte Waggons neben den Schienen, und Leute rannten hin und her. Viele hatten wie wir ihre Sachen auf einem Handwagen oder in Koffern an der Hand.

„Es fahren immer noch Züge. Auf dem Weg zu euch nach Berlinchen hat mich von Soldin ein Lokomotivführer bei sich versteckt. Ein Glück, sonst hätte ich euch nicht mehr gefunden." Vater ging, um auszukundschaften, ob ein Zug nach Berlin fährt. Er war schnell wieder da. „Der Güterzug soll nach Berlin fahren. Da müssen wir mit!"

Ich zog den Handwagen und Vater hob ihn immer über die Gleise bis wir an einem Güterwaggon waren, der oben offen war. Vater kletterte über die Seitenwand. „Hier sind bloß Holzkisten. Da passen wir noch rein." Mutter nahm Elke aus dem Kinderwagen und setzte sie auf die Erde. Dann hoben wir beide den Kinderwagen hoch, bis Vater ihn von oben fassen konnte. Mutter nahm den Koffer vom Handwagen. „Da sind unsere ganzen Papiere drin", sagte sie zu mir und reichte ihn

Vater nach oben. Zuletzt gab sie Elke nach oben. Dann kletterten wir beide auf den Waggon. Wir schwitzten alle drei. „Jetzt brauchen wir nicht mehr zu laufen. Ist das nicht schön!" Vater hatte sich auf eine Kiste gesetzt. „Hoffentlich fährt der Zug auch wirklich mal ab." Da gab es einen Ruck, und ich lag auf dem Boden. Der Zug fuhr tatsächlich.

„Wann sind wir denn in Berlin? Und besuchen wir da wieder Tante Luise?" Früher waren wir ein paar mal zu Tante Luise gefahren. Aber das war mit einem richtigen Zug. Aber immer mussten wir dann nachts in den Keller, weil Fliegeralarm war. „Ist jetzt immer noch Fliegeralarm in Berlin?" Vater hob mich auf die Kiste neben sich. „In Berlin gibt es keinen Fliegeralarm mehr. Da ist schon alles kaputt. Außerdem ist der Krieg zu Ende. Tante Luise werden wir in den Trümmern auch nicht mehr finden. Wir werden gleich weiter ziehen bis zu Oma Duisburg und Tante Aenne nach Mehlem." Wir kletterten noch höher und sahen über die Seitenwand nach draußen.

Der Zug fuhr langsam durch einen ausgebrannten Bahnhof. Auf dem Bahnsteig zwischen den Trümmern lagen mehrere Menschen, jeder ganz zusammengerollt. „Schlafen die Männer da?" fragte ich meine Mutter.

Plötzlich flog ein dicker Schwarm Fliegen von den Menschen hoch. „Siehst du die Fliegen?" Mutter zeigte hinüber. „Die haben sich noch alle in der Todesangst in die Hose gemacht. Die sind alle tot - erschossen." Ich starrte lange auf den kleiner werdenden Menschenhaufen.

Dann tauchten neben uns immer mehr Gleise auf. Der Zug holperte über Weichen und wurde immer langsamer. Wir fuhren an einem Bahnhof vorbei. „Siehst du das Schild? Wir sind in Reppen." Es gab einen Ruck, und wir standen. Der Zug hatte zwischendurch öfter angehalten. Aber diesmal dauerte es, und nichts passierte. Wir stapelten noch ein paar Kisten aufeinander und stellten uns ganz oben drauf. Jetzt konnten wir alles übersehen: unser Zug war ziemlich lang. Die Wagen vor und hinter unserem Waggon waren ganz zu. Weiter hinten waren noch mehr offene Wagen, auf denen auch Leute waren.

Vor dem Bahnhofsgebäude, das schon ein Stück hinter uns lag, liefen einige Leute herum. Einer kam in unsere Richtung gegangen. „Der hat eine deutsche Eisenbahnermütze auf. Den frage ich, was los ist." Vater sprang über die Seitenwand und lief dem Mann entgegen. „Wenn der Zug jetzt losfährt!" rief Mutter hinter ihm her. Wir sahen, wie Vater mit dem Mann redete und dann zurückkam. „Keiner weiß, wann es weitergeht. Irgend etwas ist mit der Brücke über die Oder." „Was machen wir jetzt?" „Wir warten. Irgendwann wird der Zug schon weiterfahren. Das ist immer noch besser als laufen." So schliefen wir diese Nacht im Güterwaggon auf dem Bahnhof in Reppen.

Ich hörte einen Schrei. Und als ich die Augen aufmachte, war es schon etwas hell. Zuerst sah ich meine Mutter, ihre weit aufgerissenen Augen und dann das Messer an ihrem Hals. Ein fremder Mann hatte sie von hinten gepackt und hielt das Messer in seiner Hand. Vater stand ein paar Schritte entfernt, so als ob er gleich losspringen wollte. Aber da waren noch zwei junge Männer. Einer stand auf einer Kiste. Er hatte auch ein großes Messer in der Hand und zeigte damit auf Vater. Der Dritte rief etwas, von dem ich nur immer Uri, Uri verstand. Er zeigte auf den Koffer, der neben dem Handwagen stand. Vater sagte zu mir: „Gib ihnen den Koffer. Dann hauen die Jungs ab."

Ich merkte, dass meine Beine ganz weich waren, und ich konnte kaum atmen. Langsam bewegte ich mich zum Koffer. Dabei ließ ich meine Mutter und die andern nicht aus den Augen. Ich nahm den Koffer hoch und zeigte ihn dem dritten jungen Mann. Der sprang plötzlich herunter, riss mir den Koffer aus der Hand, gab meinem Vater einen Stoß, rief etwas wie "DAWEI" und sprang dann über die Seitenwand nach draußen. Die beiden anderen sprangen sofort hinterher. Ich sackte auf den Boden. Meine Beine konnten mich plötzlich nicht mehr tragen. Tränen liefen mir aus den Augen. Ich konnte gar nichts dagegen machen.

Meine Mutter zog mich an sich. „Das waren Jungs, die auch nichts zu essen haben und vielleicht auch keine Eltern mehr. Was der Krieg aus uns Menschen macht!" Sie fing auch an zu weinen, und ich merkte, wie sie zitterte.

Der Zug fuhr immer noch nicht. Es war schon später Nachmittag. Da ertönte eine Stimme aus einem Lautsprecher: „Hermann Clemen - zum Bahnhof kommen. Ausweispapiere sind gefunden worden." „Was hier noch alles funktioniert. Ich gehe hin und bringe uns Wasser zum Trinken mit. Bei der Eisenbahn gibt es auch immer Wasser." „Ich habe solchen Hunger", sagte ich. Mein Vater kam mit dem Koffer wieder. Er war aufgerissen. „Alle Papiere sind noch da: die Ausweise, die Sparbücher und die Bilder. Damit konnten sie ja nichts anfangen. Und hier ist etwas zu trinken." Er gab uns eine große Blechdose mit Wasser. Zuerst habe ich getrunken. Dann gab Mutter Elke zu trinken. Dann trank sie selbst.

Inzwischen hatte Vater etwas aus seinem Hemd hervorgeholt. „Seht mal, was ich noch habe!?" „Kartoffeln!" Wir tanzten um den kleinen Sack herum. „Die kochen wir uns in der Blechdose." Vater holte Holzstücke, ein Blech und Steine. Ganz still saßen wir in unserem Waggon, sahen in das Feuer und in die Dose mit den kochenden Kartoffeln. Das war ein schönes Essen.

Am nächsten Tag fuhr der Zug endlich weiter - über die Oder bis nach Berlin.

Und dann noch über die Elbe

An Berlin habe ich nur Erinnerungen von einer mühseligen Berg- und Talwanderung. Es waren Trümmerberge von Panzern glatt gefahren. Und das Vater wieder verhaftet wurde, aber auch bald wiedergekommen ist. Und dann war da die Aufregung wegen der Potsdamer Konferenz. Wir wollten eigentlich über den Wannsee fahren, weil da eine Freundin meiner Mutter wohnte. Aber alles war gesperrt. Kein Schiff durfte fahren. „Churchill und Stalin kommen." Überall rannten schwerbewaffnete Soldaten herum. Hier draußen am Wannsee standen noch Häuser. Die Bewohner mussten alle raus, und die Fenster wurden zugenagelt. Hier war es auch, wo Vater von Militärpolizisten mitgenommen wurde. Aber mit seinem Zauberpapier ist er auch hier wieder frei gekommen.

Wir zogen weiter, meistens zu Fuß. Einmal hielt ein russischer Lastwagen an. Und wir durften ein Stück mitfahren. So kamen wir bis in die Nähe der Elbe. Wir begegneten immer mehr Leuten. „Auf den Elbwiesen warten Tausende, dass sie rüber können." „Die Elbe ist dicht. Es gibt nur eine Pontonbrücke bei Tangermünde." „Auf den Elbwiesen herrscht die Cholera!" Immer neue

Nachrichten wurden erzählt. „Was ist eine Pontonbrücke? Wer ist Cholera?" Mein Vater erklärte es mir. „Wir warten lieber hier weiter entfernt. Cholera ist eine ansteckende Krankheit. Da würdet ihr alle krepieren, so ausgehungert wie ihr seid. Auf der anderen Seite von der Elbe waren bis jetzt die Amerikaner. Da war die Elbe die Grenze zwischen den Russen und den Amerikanern. Aber die Amis haben sich weiter nach Westen zurückgezogen und den Russen das Gebiet übergeben."

Zwei Tage warteten wir auf einer Wiese am Rande eines Dorfes . Gegen Mittag hörten wir Leute rufen: „Die Brücke wird um zwei Uhr geöffnet!" Wir packten unsere Sachen und rannten sofort los. „Wir müssen zusammen bleiben!" Vorneweg schob Mutter im Laufschritt den Kinderwagen. Vater und ich zogen schnell den Handwagen neben Mutter. Von allen Seiten strömten die Menschen auf den Weg zur Brücke. Alle schleppten so wie wir ihre Sachen in Säcken, Koffern, auf Handwagen und Karren mit. Ein Stück vor uns fuhr sogar ein voll bepackter Wagen mit zwei Pferden davor. Plötzlich tauchten rechts und links von uns russische Soldaten auf. Sie hielten ihre Gewehre in der Hand. „Ein Glück, dass die da sind", sagte Mutter. „Sonst würden wir hier noch tot getrampelt werden."

Jetzt konnte ich die Brücke sehen. Es waren Holzbretter, unter denen kleine Boote schwammen. Es ging nur langsam vorwärts. Dann blieb alles stehen. Die Pferde vor uns wollten nicht auf die Brücke. Sie wieherten laut und sprangen mit den Vorderbeinen hoch. Zwei Frauen fassten die Pferde an den Riemen am Kopf, hielten sie fest und redeten auf sie ein. Nach einer Weile führten sie die Pferde langsam auf die Brückenbretter. Die Bretter schaukelten mächtig hin und her und auf und ab, als der Pferdewagen auf der Brücke war. Er passte gerade so drauf. Die nächsten Leute warteten, weil sie sehen wollten, ob die Brücke halten würde. Aber die Soldaten riefen immer: „Dawei, dawei!" und drängten uns alle weiter. Ich hielt mich am Kinderwagen und an Vaters Hand fest.

Ich hatte immer etwas Angst vor Wasser, weil ich bei uns im See einmal beinahe ertrunken wäre. Aber alles ging gut. Wir lachten, als wir wieder auf fester Erde standen. „Jetzt versuchen wir nach Stendal zu kommen. Da können wir sicher bei Gretchen wohnen, wenn sie mit ihrer Familie noch da ist." Ich glaube, Mutter hatte überall in Deutschland Freundinnen.

Mutter und ich kamen aus dem Staunen nicht mehr heraus, als wir durch die Straßen von Tangermünde zogen.

Vor einem Schlachterladen hielten wir an. „Sieh bloß", rief Mutter, „hier gibt es ja richtig Fleisch und Wurst!" Sie zeigte auf die schönen Sachen im Schaufenster. „Ob man hier wirklich einkaufen kann?" „Gehen wir doch rein." Vater ließ den Handwagen stehen, ging die Stufen hoch und öffnete die Ladentür. „Können wir davon wirklich etwas kaufen?" fragte Mutter zweifelnd. Die Frau hinter dem Tresen lachte. Und dann nahm sie eine große Scheibe Wurst und reichte sie mir. „Du siehst ja ganz verhungert aus. Hier, iss erst mal." Das war die erste Scheibe Wurst seit über einem halben Jahr.

Vater ließ sich inzwischen viele Sachen einpacken. Plötzlich hielt die Frau an. „Haben Sie denn überhaupt Marken? Hier gibt es nur etwas auf Marken." Und dann guckte sie wieder ganz mitleidig auf mich und sagte: „Aber Sie sind ja so ausgehungert. Ich gebe Ihnen etwas so." Sie nahm aus dem großen Paket etwas heraus, wickelte es ein und wollte es Mutter reichen. Da zeigte ihr Vater einen Packen Papier, den er unter seiner Jacke herausgezogen hatte. „Sind das die richtigen Marken?" „Ja, die gelten hier. Wo haben Sie so viele her?" „Also dann packen Sie uns mal alles wieder ein." Vater reichte ein Blatt von dem Papierpacken über den Tresen. Die Frau schrieb alles auf, gab das große Paket mit Fleisch und Wurst und sagte: „So, das macht 48 Mark fünfzig."

„Nein, Geld haben wir keins", sagte Vater. Die Frau guckte uns hilflos an. „Marken sind ja wichtiger. Aber Sie müssen auch bezahlen."

Ich hatte alles genau beobachtet. Hier gab es wieder richtig etwas zu kaufen. Ich brauchte nicht mehr zu betteln. Und jetzt hatten wir kein Geld. In Gedanken hörte ich Willi rufen: „Es regnet Geld!" Und ich sah die Geldscheine durch die Luft über die Trümmer tanzen. Da fasste ich in meine hintere Hosentasche. Tatsächlich, da waren meine gesammelten 50-Markscheine. Ich holte den Packen heraus und zeigte ihn allen. Die Fleischersfrau rief erleichtert: „Sie haben ja doch Geld. Ach, ist das schön!" Mutter nahm einen Schein, hielt ihn der Frau hin und fragte ungläubig. „Gilt der etwa hier noch!?" „Aber natürlich. Das Geld gilt immer noch." Meine Mutter stieß einen Freudenschrei aus und tanzte mit mir durch den Laden. „Wenn wir das gewusst hätten. Ich hätte den ganzen Handwagen voll geladen!"

Wir aßen schon auf dem Weg zum Bahnhof. Und als wir auch noch einen Güterwaggon kriegten, der voller Leuten war, wurde weiter gegessen. Vater verteilte an alle Leute Wurst. Das war eine lustige Zugfahrt. Und ich war das erste mal wieder wirklich satt.

Nur mein Körper wusste mit den guten Sachen nichts anzufangen. Mutters Freundin in Stendal gab es noch. Und dort verbrachte ich den Abend und die ganze Nacht und den nächsten Tag auf dem Klo. Es war fürchterlich. Ach, hätte ich doch bloß nicht den Verlockungen des Überflusses nachgegeben. Ein halbes Jahr Griepschel-suppe, Mutters Spezialrezept aus geraspelten Kartoffeln in Wasser gekocht, hat nicht einmal solche Schmerzen verursacht. Hunger tut weh – aber Überfluss auch.

Am nächsten Abend kriegte ich langsam wieder mit, was um mich herum passierte. Walter, der 14-jährige Sohn von Mutters Freundin, kam zusammengekrümmt und mit schmerzverzerrtem Gesicht nach Hause. Ich starrte auf den Bluterguss auf seinem Bauch direkt unter dem Bauchnabel. „Junge, was ist passiert?" „Haben dich Soldaten verprügelt? Was habt ihr angestellt?" „Wir haben uns mit der Bande vom Viertel hinter der Kirche geprügelt. Und die waren mit Holzlatten bewaff-net. Feige Bande, das gibt Rache!"

„Warum schlagen sich die deutschen Kinder unterein-ander?" fragte ich meine Mutter. Sie strich mir nur über den Kopf und gab mir ein Stückchen trockenes Brot. „Vielleicht kannst du jetzt wieder etwas vertragen."

Die nächste, die letzte Grenze

„Wir wollen ins Rheinland, nach Mehlem zu Tante Aenne und Oma und Opa Duisburg. Das Schlimmste haben wir ja schon hinter uns. Dann werden wir das auch noch schaffen." Vater hatte immer erzählt, wie er, bevor er uns aus Berlinchen holen kam, bei seiner Schwester und seinen Eltern war. Dort würden wir dann bleiben können. Ich freute mich darauf. Meine kleine Schwester kam wieder in den Kinderwagen, und alles Übrige wurde auf den kleinen Handwagen geladen. Beim Abschied sah ich auf den großen Walter. Ob er sich auch eine Latte zum Prügeln besorgen würde?

Wir hatten Glück. In einem offenen Güterzug konnten wir mitfahren. „Das war die Stadt Magdeburg". Mutter zeigte auf Ruinen der Häuser. „Da, der Magdeburger Dom." Wir starrten auf die schwarzen Todesskelette.

Dann mussten wir doch wieder laufen. Wir waren nicht allein. Viele wollten in den Westen. „In den Westen!" das hörte ich immer wieder. „Bei den Amis ist es besser." Am Abend kamen wir in einem großen Bauernhof mit vielen Ställen unter. „Das war eine Pferdebox", erklärte Vater. Wir zogen unsere Sachen in den mit halbhohen Mauern umgebenen Raum. Stroh lag noch auf dem Fußboden. Pferde gab es nicht mehr. „Die sind alle von den Soldaten weggeholt worden", sagte Mutter. Dafür waren jetzt überall Leute wie wir. Ich war sehr müde und schlief auf dem Stroh ein.

Als ich aufwachte, fielen Sonnenstrahlen durch die Luke in unserer Pferdebox. „Wo ist Vati?" fragte ich voller Angst. Ich musste an die Soldaten denken, die Vati in Soldin und in Berlin einfach mitgenommen hatten. „Du brauchst keine Angst zu haben. Vati will rauskriegen, wie wir am besten über die Grenze kommen." „Müssen wir wieder über einen Fluss?"

Da kam Vater wieder. „Und, hast du was rausgekriegt?" „Ja, es hört sich ganz gut an. Die Amis sind ja noch nicht lange weg. Und die Russen haben die Grenze noch nicht gesichert. Die Leute gehen hier von Schönebeck durch den Wald nach Helmstedt. Wir müssen um Mitternacht los. Dann sind wir bei Morgengrauen an der Grenze. Da laufen russische Soldaten Streife. Aber wenn man Glück hat, kommt man ungesehen rüber. Ich habe mir den Weg genau beschreiben lassen." „Und da drüben wohnt Tante Aenne?" „Ja, da drüben. Aber da müssen wir dann erst noch weit fahren. Heute ruhen wir uns noch aus. Und um Mitternacht geht es los."

„Da kommen wir mit". Das Gesicht einer jungen Frau sah über die halbhohe Mauer. „Ich habe auch ein kleines Kind in der Karre." „Heute Nacht gehen wieder viele los", sagte Vater. Mutter ging mit Elke auf dem Arm zu der Frau in die Nachbarbox. Vater nahm mich an die Hand. „Wir müssen uns den Weg aus dem Ort für heute Nacht genau merken."

„Aufstehen! Es geht los!" Ich sah in Vaters Gesicht, das von einer Kerzenflamme seltsam erleuchtet war. Ich zog meine einzigen Schuhe an. Wenn ich zu Hause aufstehen musste, um zur Schule zu gehen, dann hatte ich einen Schlafanzug an. Kiku, meine große Jungenpuppe, lag neben mir. Ich musste mir die Zähne putzen und mich anziehen. Und jetzt? Wir schliefen schon lange in den gleichen Sachen, die wir auch am Tage anhatten.

Vater zog den Handwagen, und ich schob mit Mutter den Kinderwagen. Hinter uns ging die Frau mit der Kinderkarre. Ein paar Sterne standen am Himmel, und langsam konnte ich mehr erkennen. Noch viele Leute folgten uns. Keiner sprach laut. Alle flüsterten, als ob die Streifensoldaten uns schon hier hören könnten. Der Handwagen machte den meisten Krach auf dem Kopfsteinpflaster. Dann ging es auf einem Feldweg weiter, und es wurde noch stiller. Meine Beine taten weh und auch mein Bauch. „Wir machen eine Pause." Vater zog den Handwagen auf einen Nebenweg, wo einige Baumstämme lagen. Ich lehnte mich an meine Mutter, die ihre Beine massierte. Neben sie hatte sich die Frau aus unserer Nachbarbox gesetzt. „Wir lassen die anderen alle vorbei", sagte Vater leise. „Wir haben mehr Chancen, wenn wir allein gehen."

Hinter uns zeigten sich schon helle Streifen am Himmel. Wir gingen in den Wald. Der Weg wurde immer schmaler und war mit Gras bewachsen. „Wie lange müssen wir denn noch laufen?" Mutter hatte Mühe, den Kinderwagen durch das Gras zu schieben. Dann kamen wir an eine kleine Wiese. „Sind wir denn hier richtig?" Die Frau blickte ängstlich zu meinem Vater.

Da traten plötzlich zwei Männer vor uns aus dem Gebüsch auf die Wiese. Sie hatten geriffelte Kopfbedeckungen. Ich wusste sofort, das waren russische Soldaten, Panzerfahrer. Die Frau warf sich vor ihnen auf die Knie und flehte: „Lassen Sie uns doch durch. Wir geben Ihnen, was Sie wollen." Sie hielt plötzlich ein paar Geldscheine in der Hand. Ich hielt mich an Vaters Hand fest. Die andere Hand hatte er auf Mutters Hand auf dem Kinderwagen gelegt. Die Frau flehte immer wieder: „Lassen Sie uns doch bitte durch!" und hielt den

Soldaten die Geldscheine hin. Ich sah, wie die Soldaten sich ansahen. Dann ging der eine zu der Frau, nahm das Geld und sah uns an. „Er will mehr Geld" flüsterte Mutter. „Hätte ich doch bloß in Berlinchen das Kopfkissen mit Geld ausgestopft."

Da hatte ich auch schon in meine hintere Hosentasche gefasst und meine restlichen 50-Markscheine herausgeholt. Ich hielt sie dem Soldaten hin. Der lachte, nahm sie, zeigte in den Wald und rief. „Dawei, dawei!"

Vater zog die Frau von der Erde hoch, und alle rannten wir mit Kinderwagen, Karre und Handwagen weiter in den Wald. Als wir ganz außer Atem waren, hielten wir an. „Wir sind durch! Wir haben es geschafft!"

Aber es dauerte noch lange, bis der Wald zu Ende war. „Das ist ja jetzt ein Park", rief Mutter aus und zeigte auf die schönen Wege mit den Laternen. „Bad Helmstedt!" Vater zeigte auf die Schrift an der Holzveranda eines Hauses.

Von Braunschweig nach Mehlem

Ich weiß nicht mehr, wie wir es bis zum Bahnhof in Helmstedt geschafft haben und dann nach Braunschweig gekommen sind. Ich war so müde. In der großen, halb zerbombten Bahnhofshalle hörten wir eine Lautsprecherstimme: „Flüchtlinge können in der Schule Echternstraße übernachten." Vater fand auch hier den Weg. Es war nicht weit. Über eine Brücke und über Trümmerberge kamen wir auf den Schulhof. Da standen keine Bäume, wie auf meinem Schulhof. Ein Teil der Häuser war kaputt. Wir wurden in ein Klassenzimmer im oberen Stockwerk gebracht. „Morgen geht es weiter – mit einem Zug ins Rheinland." Ich bin gleich eingeschlafen.

Als wir am nächsten Morgen sehr früh auf dem Bahnhof ankamen, stand dort ein Zug mit richtigen Personenwagen. So ein Zug wie ich ihn aus Berlinchen kannte, wenn wir Oma Soldin besuchen wollten oder nach Berlin zu Tante Luise gefahren sind. Aber hier waren nicht nur alle Waggons besetzt. Die Leute waren auch auf die Dächer vom Zug geklettert. Andere Leute hingen außen an den Haltegriffen. Immer mehr Leute stürmten auf den Zug. Ich kriegte Angst, als die Leute am letzten Waggon anfingen sich zu schlagen. „Kommt schnell", rief Vater plötzlich. „Die hängen noch offene Güterwaggons an." Wir rannten an das Ende des Zuges. Vater sprang auf den offenen Wagen, der an den letzten Personenwagen angehängt wurde. Ich rannte mit dem Handwagen neben dem ausrollenden Waggon her.

Mutter kam mit dem Kinderwagen hinterher. Dann gab es einen Knall. Der Güterwagen knallte gegen den Zug. Vater zog mit unserer Hilfe die Wagen hoch und zog dann Mutter und mich nach oben. „Der Zug fährt nach Köln. Ich habe gefragt", rief Vater uns aufmunternd zu. „Und wann fahren wir ab?" fragte Mutter. Keiner wusste es. Auch keiner von den Leuten, die inzwischen auch auf unseren Wagen geklettert waren.

Von unserem Waggon aus sah ich in die Stadt. Überall waren Gespensterhäuser zu sehen. So nannte ich die Häuser, von denen nur noch ein paar Außenmauern mit schwarzen Fensterhöhlen standen. Und davor lagen überall Schuttberge. Und darüber ragten ein paar Geisterkirchturmspitzen.

Als der Zug mit einem Ruck anfuhr, brachen die Leute auf den Waggondächern in ein lautes Freudengeheul aus. Auch ich schrie erleichtert: „Wir fahren nach Mehlem!" Es war eine lange Fahrt. Ich saß meistens auf einer Kiste in der Ecke. Die Erwachsenen redeten viel miteinander.

Dann wurde es dunkel. Die Sonne färbte den Himmel blutrot. „Dat is Kölle. Kölle!" rief plötzlich ein alter Mann in unserem Waggon. Ich sprang von meiner Kiste hoch. Wir fuhren über eine Brücke mit schwarzen Eisenbögen. Und dann sah ich im Abendrot zwei große schwarze Kirchtürme dicht nebeneinander. „Da is de Dom!" rief der Alte. Und dann fing er an zu singen und fast alle in unserem Waggon sangen mit und wiederholten das Lied immer wieder. Ich habe es behalten und konnte es bald mitsingen. „Wenn ich so an min Hemat denke und sann de Dom so für mich stohn, möt ich direkt op Hemat schwenke, ich möt zu Foß na Kölle john." Immer, wenn ich später dieses Lied im Radio gehört habe, kamen mir die Bilder von unserem Güterwagen wieder vor Augen.

In Mehlem ist es schön

Am nächsten Tag kamen wir wirklich in Mehlem bei Tante Aenne an. Von der Straße ging es durch ein Eisentor auf einen Hof. Dort lagen überall Autoreifen. Dazwischen war ein Weg. Der führte uns direkt in die Werkstatt. „Tante Aenne hat einen Vulkanisierbetrieb", erklärte Vater. „Sie repariert kaputte Autoreifen."

„Mensch Hermann, du bist tatsächlich zurück! Und du hast deine Familie gefunden. Gott sei dank! Was haben wir für eine Angst gehabt!" Sie nahm uns alle in den Arm und sagte immer wieder: „Wat nen Wunder!" „Ihr könnt jetzt alle hier bleiben. Hermann, du kannst doch bei mir arbeiten."

Hier gab es richtig zu essen und ein Bett zum Schlafen. Und da waren auch noch Tante Aennes Kinder: die kleine Marlies und der große Wolfgang, der ein paar Jahre älter war als ich. Als wir unsere Sachen in einem Zimmer verstaut hatten, schob ich den Handwagen mit Wolfgang in einen Schuppen auf dem Hof. „Kommst du mit? Ich zeig dir den Rhein." Hinter dem Haus standen hohe Bäume und Büsche, durch die ich nicht hindurch sehen konnte. Ein schmaler Weg führte bergab. Plötzlich blieb Wolfgang stehen. „Das ist der Rhein!" Er zeigte nach vorne auf den breiten Fluss. „Komm, wir rennen." Der Weg führte direkt bis in das Wasser. „Wir fahren ans andere Ufer!" Wolfgag rannte ein Stück flussaufwärts. Unter einem Busch lag ein Ruderboot. Mit so einem Boot war ich schon einmal mit einem Wolfgang gefahren. Das war noch in Berlinchen auf unserem See. Und da hatte ich auch Angst. „Du musst schieben!" Wolfgang dirigierte mich an das Ende vom Boot. Er zog es rückwärts gehend von vorne über den Sand ins Wasser. Ich ließ mir meine Angst nicht anmerken und stieg mit ein. „Der Rhein hat nicht viel Wasser dieses Jahr. In der Mitte ist die Strömung am stärksten. Halt dich gut fest." Er ruderte los immer schräg zur Strömung. Mir wurde ganz schlecht. Er lachte. „Ich fahre immer rüber zu meinen Freunden." Aber heute war keiner zu sehen. Wir fuhren wieder zurück. Als ich ausstieg, konnte ich wieder lachen. „Morgen sind sicher alle da."

In den nächsten Tagen spielten wir viel am Rhein. Ich hatte keine Angst mehr vor Soldaten, vor dem nächsten Tag und auch nicht mehr vor dem Rhein. Es war schön hier.

Auch die Franzosen wollen uns nicht –
wohin jetzt?

„Wir müssen wieder weg hier!" Mutter lief aufgeregt im Zimmer hin und her, als ich eines abends mit Wolfgang vom Spielen kam. „Warum nur!? Warum nur? Wir haben doch eine Unterkunft. Wir fallen keinem zur Last!" Sie war wütend. Tante Aenne kam herein. „Hermann, hast du denen auf der Meldestelle nicht gesagt, dass ihr bei uns wohnen und arbeiten könnt?" „Die Franzosen stellen sich stur", schimpfte Vater. „Ich habe ihnen alles erklärt, meine ganze Geschichte – alles umsonst! Tut uns leid, haben sie gesagt. In der französischen Zone werden keine Flüchtlinge mehr aufgenommen. Innerhalb von drei Tagen müssen Sie mit Ihrer Familie die französische Zone verlassen. So war das. Nichts zu machen." Vater ließ sich auf einen Stuhl fallen.

„Wo sollen wir denn jetzt hin?" Mutter weinte, kniete sich neben Vaters Stuhl und nahm mich in den Arm. „Ihr könnt euch doch hier alle verstecken", schlug Wolfgang vor. „Du meinst es gut," sagte Vater. Ich stellte mich neben Wolfgang. „Ich will hier nicht weg. Überall werden wir weggejagt. Hier können wir so schön spielen. Und wir haben alle wieder ein Bett zum Schlafen. Ich will hier bleiben!" „Das habe ich den Leuten auch alles gesagt. Aber wir haben keine Chance. Die französischen Soldaten würden uns finden und dann... Nee, wir müssen wohl weg." „Aber wo sollen wir denn noch hin?" Mutter weinte.

Nach einer Weile sagte Tante Aenne: „Unser Bruder Gotthard wohnt doch in der englischen Zone. Ich habe gehört, die nehmen noch Flüchtlinge auf." „Und wo ist das?" „In der Nähe von Braunschweig und Salzgitter. Das Dorf heißt Lobmachtersen", erklärte Tante Aenne.

Endlich — ein neues Zuhause

Vier Tage später standen wir am späten Nachmittag mit Kinderwagen und Handwagen zusammen mit einigen anderen Flüchtlingsfamilien auf der Hauptstraße in Lobmachtersen vor einem Gasthof. Ein Mann mit einem Schreibheft in der Hand erzählte, dass wir alle hier einquartiert werden. Vorher hatte er alle Namen aufgeschrieben. „Familie Clemen geht in die Flachstöckheimer Straße in das Haus von Familie Singestreu." Vater ließ sich den Weg beschreiben, und dann zogen wir los.

In der Flachstöckheimer Straße war auf der linken Seite hinter einer Mauer ein Bauernhof, auf der rechten Seite war nach den ersten Häusern freies Feld. Bald tauchte auf dieser Seite eine große Scheune auf. Dann hörten wir ein wildes Geschimpfe. Ein großer Mann stand vor dem Zaun des ersten Hauses an der rechten Straßenseite. Er reckte die Fäuste hoch in die Richtung des Hauses, das hinter der Scheune etwas zurückgesetzt stand. Und davor stand eine Frau, die ebenfalls mit den Armen in der Luft herumfuchtelte. „Was für eine Sprache sprechen die denn hier?" fragte ich Mutter. „Das ist sicher Plattdeutsch." „Da kommen wir ja gerade richtig", meinte Vater. „Bei dem da vorne sollen wir einquartiert werden. Na, wartet hier, ich sehe mich mal um."

Das Geschimpfe hörte auf. Vater kam wieder. In dem ersten Haus war ein kleines Lebensmittelgeschäft. Dahinter zogen wir unsere Sachen in einen Hof. „Hier ist es", erklärte Vater. Zwei Mädchen und ein Junge kamen aus der Haustür und beguckten uns neugierig. Sie waren etwa so alt wie ich. „Kommen Sie rein", begrüßte uns eine Frau. Sie musterte jeden von unten bis oben. Wir gingen gespannt in den Hausflur.

„Alle vier Zimmer hier unten mussten wir abgeben. Hier rechts, das ist Ihr Zimmer." Sie machte eine Türe auf. Wir sahen in einen kahlen Raum. „Das ist alles!?" Mutter sah die Frau ratlos an. „Keine Möbel, kein Wasser, nur der eine Raum? Wir sind doch drei Personen und das Baby!?" „Mehr Platz ist nicht. Wasser gibt es auf dem Flur. Das haben Sie ja sicher gesehen, den Wasserhahn mit dem Becken. Die andere Familie mit den Kindern holt da auch ihr Wasser. Ja so ist das. Auch uns Einheimischen geht es schlecht." Ich sah, wie Mutter die Tränen über das Gesicht liefen. „Und wo und wie sollen wir schlafen? Wir haben doch nichts, nur den Kinderwagen und unseren Handwagen. Können Sie uns nicht helfen?" fragte Vater. „Am besten besorgen Sie sich Stroh für Strohsäcke. Bei Bauer Kerl kriegen Sie bestimmt etwas."

Ich zog meine Mutter am Arm und trat von einem Bein aufs andere: „Mutti, ich muss mal." Die Frau sah mich an. „Ja, komm mal gleich mit. Ich zeig euch das Klo." Wir gingen wieder auf den Hof, links an der Hauswand entlang in einen dunklen Gang. „Das ist ein Schuppen. Hier können Sie Hühner oder Kaninchen halten. Wir brauchen alle etwas zum Leben." Dann gingen wir auf den nächsten Hof, wieder zweimal links um den Schuppen und hielten vor einer Holztür mit einem ausgesägten Herz. „Die zwei Stufen hoch, das ist das Plumpsklo." Sie machte die Tür auf. „Papier müssen Sie immer mitbringen. Hier gehen alle hin."

Ich kletterte die Stufen hoch. In der Mitte vom Holzbrett lag ein runder Deckel. Ich nahm in hoch und starrte in ein schwarzes, tiefes Loch. Heftiger Gestank kam aus dem schwarzen Loch empor. Ich drehte mich um. Die gespannten Gesichter meiner Zuschauer blickten zu mir empor. Auch die drei anderen Kinder standen da und sahen mich erwartungsvoll an. Ich zog die Holztür zu. Jetzt war es dunkel. Nur durch ein paar Ritzen und durch das Herz fiel etwas Licht. Ich merkte, wie die Angst in mir hochkroch. Ich setzte mich schnell mit herunter gelassener Hose auf das Loch. Gedanken an

„Mummelsäcke" und andere Ungeheuer flogen durch meinen Kopf. Hierher müssen wir nun immer aufs Klo! Im Winter – und der nächste wurde wieder sehr kalt - lag dann noch ein schwerer Hammer auf der Klobank. Damit musste man den gefrorenen Kackturm abschlagen, wenn man sich nicht verletzen wollte. Als wir zurückgingen, kriegte ich lange kein Wort heraus.

Vater hat Stroh besorgt. Wir räumten unsere paar Sachen in das Zimmer. Dann stopften wir das Stroh schön gleichmäßig in drei Säcke und legten uns schlafen. Ich dachte an Wolfgang, Tante Aenne, den Rhein. Und dann zogen die Bilder von der Pontonbrücke über die Elbe, von den Trümmerbergen in Berlin, von den Jungen, die Mutter in dem Güterwagen das Messer an die Kehle gehalten und unsere Sachen geklaut haben, von dem Soldaten in der Bäckerei, der mir erst Brot gegeben und dann auf mich geschossen hat, und von unserem brennenden Berlinchen durch meinen Kopf bis ich einschlief.

Nach einem Jahr haben wir ein zweites Zimmer dazu bekommen. Aber da ist dann auch Ammama, meine Großmutter, die in Soldin geblieben war, zu uns gekommen. Ich bin wieder eingeschult worden, habe mit den anderen Flüchtlingskindern oft „Knüppelsuppe" von den

Einheimischen bekommen, aber einen guten Freund gefunden, Raimund, einen Flüchtling aus Siebenbürgen,
den besten Fußballer und Mühlespieler. Einen Ball und
ein Mühlespiel hatten wir immer dabei.

Sicher bin ich deswegen auch 1956 mit der Sonderju-
gend von Eintracht Braunschweig Junge-Welt-
Pokalsieger in Zwickau gegen München 60 geworden.
Das war wohl die letzte gesamtdeutsche Sportveranstal-
tung bis zum Mauerfall.

Raimunds Vater und seine beiden großen Brüder waren
Holzfäller. Ich habe sie nie ohne ihre blanken Äxte gesehen. Sie haben sie sogar mit ins Bett genommen. Sie
haben uns Jungen gezeigt, wie man aus Pferdehaaren
Vogelfallen an Disteln aufhängt. Unsere beliebtesten
Spiele waren Pickpahl, bei dem auch die Erwachsenen
mitspielten, und Schangeln mit Pfennigstücken. Wir hatten viele Kaninchen, für die wir jeden Tag Futter
„organisieren" mussten. Die Bauern haben uns dafür
einmal einen Tag mit ihren Hunden bis zum Oderwald
gehetzt. Aber sie haben uns nicht gekriegt.

1947 hat Vater Arbeit als Bergmann im Erzschacht Wortlah im Nachbardorf Flachstöckheim gefunden.

Da gab es Essensmarken für Schwerstarbeiter und jeden Monat eine Flasche Schnaps. Und 1948 sind wir dann dorthin gezogen in eine richtige Wohnung mit Küche und Badezimmer.

Vater unter Tage (unten rechts)

1949 mit Mutter und Schwester Elke in Flachstöckheim

Hans Goswin Clemen
ist 1938 in Berlinchen gebo-
ren. Heute ist das die polni-
sche Stadt Barlinek. Nach
dem Krieg ist er schon in
Flachstöckheim zur Evange-
lischen Jugend gekommen,
hat sich dort weiter engagiert
und die Jugendarbeit nach
dem Studium zu seinem Be-
ruf gemacht.

Seit 1954 lebt er in Braunschweig, ist verheiratet, hat
2 Kinder und inzwischen auch 3 Enkelkinder.

Von 1971 bis 2003 hat er im Ev. Stadtjugendpfarramt
gearbeitet und sich besonders eingesetzt für Kinder und
Jugendliche aus Obdachlosenunterkünften, für die Ein-
schulungshilfen nicht deutschsprachiger Kinder, für den
Aufbau von Jugendzentren, für Kriegsdienstverweige-
rer, für Entwicklungspolitik und bis heute besonders für
die Landlosenbewegung in Brasilien.

.